Terres insolites

Collection dirigée par François Beiger

www.frbeiger.com

ISSN 1770-2380
ISBN 978-2-7011-7538-6
Loi 49-956 du 16 juillet 1949 sur les publications destinées à la jeunesse.

Didier Bazy

L'ami de Magellan

Illustrations d'Alain Corbel

Belin Jeunesse

PROLOGUE

Le réveil de Tambo

J'ai fait un rêve. J'ai rêvé que je partais à la pêche avec Henrique. Mes parents souriaient. Maman s'inquiétait : Attention aux requins ! Papa la rassurait : Tambo ne risque rien avec Henrique le géant ! J'ai rêvé que je jouais à cache-cache avec ma sœur Stombi dans la grande grotte aux galeries ténébreuses. Le feu de ma torche créait des ombres qui dansaient sur les parois. Et Stombi riait en croyant voir des fantômes. J'ai rêvé que les soldats espagnols étaient gentils et qu'ils étaient sans armes. J'ai rêvé que j'étais toujours petit et que ma sœur était encore plus petite. J'ai rêvé que je nageais dans la mer tiède au milieu des poissons multicolores et que je glissais sur la crête d'une vague vers le sable du rivage. J'ai rêvé que je flottais. J'ai rêvé que je volais. Je voguais près des nuages et je voyais d'en haut Palilo, mon île, mon paradis. J'ai rêvé que je m'envolais de plus en plus loin dans le ciel.

L'îlot diminuait, diminuait, diminuait. Il n'était plus qu'un point. J'apercevais Palawan, la grande île d'en face. Ses rochers et ses arbres rapetissaient. Encore plus haut. Palawan disparaissait et devenait à son tour un minuscule point. Puis, plus rien en vue. Plus rien que le bleu de la mer. Là, je rêvais. Je rêvais et voyais l'horizon s'arrondir. Je rêvais que j'étais dans une pirogue volante, bercé dans l'immense firmament. J'ai rêvé que je redescendais doucement. Je flottais.

Et je me suis réveillé. Allongé aux côtés de ma sœur, j'ai ouvert les yeux. J'ai vu que je ne rêvais plus. Le vieil Henrique est assis en tailleur. Sa compagne Dolo prépare des gâteaux de riz. Le village sort lentement de la nuit. Stombi dort. Dors, petite sœur, demeure encore un peu dans le royaume du rêve, aux côtés de maman et papa. Je m'éveille et ma main étale une larme sur ma joue. Le grand village a brûlé. Nos parents sont morts dans les flammes. Ils n'ont pas eu de cérémonie de départ vers la mer. Ils ont volé en fumée dans les nuages. Ils ont rejoint les étoiles. Ma sœur Stombi et moi avons été adoptés par Henrique et Dolo. Ils nous protègent des envahisseurs. Les soldats espagnols, armés et casqués, font la ronde du matin, lance menaçante et œil noir. Le bonheur est resté sur la ligne arrondie de l'horizon, là-haut, entre le ciel et la mer. Si loin, dans le rêve et l'azur.

Tous les matins, Henrique nous enseigne la langue espagnole. Il dit que nous ne risquons rien si nous sommes à genoux, tête penchée sur la Bible, à faire semblant de lire leur Livre. Je ne veux pas finir dans les flammes qui ont dévasté le grand village, alors je mime la prière et les envahisseurs me laissent tranquille. Stombi soutient que c'est un peu bizarre d'être obligé d'apprendre la langue des assassins de nos parents. Elle a bien raison. Mais, le soir venu, nous résistons. Henrique et Dolo nous parlent dans la langue de notre enfance et de nos ancêtres. Un langage interdit dans le grand port reconstruit par des hommes de notre tribu réduits en esclavage. Un langage que je ne peux pas oublier avec des mots que je ne veux pas abandonner. Henrique veille sur moi.

Dolo veille sur Stombi. Tous les quatre, nous sommes trop vieux et trop jeunes pour casser des cailloux et reconstruire le port de Palilo à la mode espagnole. À nous quatre, nous formons un cercle. Et nous palabrons autour d'un petit feu qui nous éclaire dans la nuit espagnole.

Nous sommes en 1577. En 1577 après la naissance du fils de Dieu — à ce qu'il paraît. Ils comptent le temps comme ça, les Espagnols. Cela doit être vrai si Henrique le dit. Nous, nous ne comptons pas ce temps-là. Le soleil revient tous les matins. Nous prenons la mesure du temps avec les lunes. Lune pleine. Moitié gauche. Moitié droite. Nuit sans lune. Et ainsi de suite. Mais bon, il faut bien compter aussi comme les Espagnols. Notre île,

Palilo, tout près de Palawan, non loin de Cebu, dans l'archipel des Philippines, a été prise d'assaut par les hommes de fer: les Conquistadors — c'est ainsi qu'ils s'appellent. Nous avons dû plier. Comme tous les membres de ma tribu, je fais semblant de me soumettre. Je prie le ciel de pouvoir rêver encore un peu. Et je rêve que les Conquistadors espagnols n'aient jamais débarqué ici en 1665, quand je suis né. Je ne serai jamais l'esclave des Espagnols. Et Stombi ne sera jamais une de leurs filles de joie.

Depuis très longtemps, Henrique fait partie de notre tribu. Lors de chaque cérémonie, il assiste le chef en silence. Ils sont très âgés tous les deux. Parfois, Henrique se penche vers lui et prodigue ses conseils. Le chef acquiesce d'un air complice. Henrique est un géant. Un gentil géant. Tellement doux et calme qu'il a toujours refusé de devenir le chef du village. C'est pour ça que tout le monde l'aime. Le plus clair du temps, quand les Espagnols ne rôdent pas trop très, il joue avec nous, les jeunes. Il fourmille d'idées et nous ne nous ennuyons jamais tant il sait de choses !

Henrique est le médecin du village. Quelqu'un tombe malade, Henrique vient à son chevet, pose ses mains sur la douleur, chuchote des mots magiques. Puis il s'éloigne vers la forêt. À son retour, ses mains cachent un bouquet de feuilles. Dolo s'empare des plantes et les jette dans de l'eau bouillante. Ils parlent par gestes et se comprennent toujours, fidèles et attentifs l'un à l'autre. Henrique veille à cette cuisine de médicaments. Quand le breu-

vage est tiède, Henrique le goûte et Dolo fait de même. Est-ce là le secret de leur longue vie et de leur grande santé ? Quand la potion a refroidi, Henrique impose au souffrant trois bols pleins, trois jours durant, matin, midi et soir. Comme si le chiffre neuf était synonyme de guérison !

Tout le monde le considère comme un vieux sage. En fait, il est magicien. Il sait tout faire : chasser, pêcher, cultiver. Mais c'est dans l'eau qu'il nous épate. Et pour ce qui est de la fabrication d'une pirogue, il faut le voir ! Il manie la hache aussi vite qu'un singe, le couteau comme personne. Embarquer à son bord est le plus beau des cadeaux. Enfin, si les Espagnols nous fichent la paix !

Le soleil se lève. Henrique est le premier à le contempler, en face, les yeux mi-clos, les jambes repliées et les mains reliées, le dos bien droit. Dolo dit qu'il fait Bouddha. Je me moque : « Il boude ! » En vérité, il entre en communion avec les esprits de l'eau et de la forêt. « Je fais ma lessive intérieure », dit-il parfois avec un sourire et son tendre regard.

La récompense suprême est de l'écouter raconter ses souvenirs d'une vie d'aventures incroyables mais bien réelles. Le soir, quand les soldats espagnols boivent et s'endorment, Henrique répond à nos questions. Chacun son tour. Ma sœur Stombi et moi. Un tour de rôle, un rituel imposé. Chacun écoute. Dolo veille. Surtout, on ne coupe pas la parole ! Stombi a parfois du mal à respecter cette règle ; elle est encore petite mais elle apprend tellement vite. Par exemple, elle connaît plus de mots espagnols que moi, Tambo le bricolo — c'est ainsi qu'elle me surnomme, car je suis plutôt dégourdi avec mes mains. J'aime tailler les branches des palmiers et bâtir des petites huttes. Plus tard, je construirai une grande pirogue en bambou et je partirai pêcher les poissons et les requins.

Dolo veille avec nous. Elle n'a pas eu d'enfant. Mais elle est notre seconde maman. Notre grande maman. Notre belle maman douce. Elle sourit toujours. Ses grands yeux clairs me fascinent. Elle est la seule de la tribu à avoir un regard aux couleurs de la mer. Ses yeux effacent instantanément toute tristesse. Dolo la douceur. Dolo la pâtissière hors pair. Dolo et les douceurs. Nous savourons tous les quatre ses petits gâteaux de bananes flambées à la cannelle et buvons du lait de coco, suspendus aux lèvres de Henrique.

Henrique a la mémoire d'un vieil arbre. Il faut savoir écouter les vieilles plantes, dit-il souvent. Les fleurs parlent. La vérité des feuilles se cache dans les racines. Les bourgeons puisent leur vie dans la terre et la sève, le sang des arbres, trouve toujours la goutte d'eau. Sans l'eau, dit-il, pas de vie. Henrique a navigué sur toutes les eaux du monde et il peut rester sous l'eau longtemps. Il sait de quoi il parle. De l'eau, il en connaît long. Et nous buvons ses paroles. Dolo est là. Dolo, la jolie. Dolo, la patience. Dolo, la tendresse. Et Dolo boit l'eau qui s'écoule des paroles de son amoureux, Henrique, le géant. Avec lui, nous ne rêvons pas. Stombi et moi, impatients, savourons les images de nefs et de tempêtes, de combats et d'arc-en-ciel, de pénibles voyages et de nuits glaciales, de mages et de sauvages, de monstres marins et de vents calmes, d'éclairs aveuglants et de ciels inquiétants, d'océans géants et de soleil brûlant.

CHAPITRE

1

Patoka

Comment Patokin devint Prince des Requins
et pourquoi il fut chassé de l'île de la Cascade par sa tribu.

– Pas d'Espagnols en vue ? La lune est noire.
Que les Conquistadors commencent à boire !
Nous sommes tranquilles pour la soirée,
dit Dolo. Et mangez lentement vos gâteaux…

– Ra-conte, Henri-que, ra-conte quand tu étais petit,
mâche Stombi, la bouche pleine.

– Petite comme toi ?
pouffe Tambo.

– Tambo, ne te moque pas de ta sœur,
chuchote Dolo de sa voix douce,

nous avons tous été petits un jour.
Henrique, je t'en prie, tu as la parole.

– Toti, Patoka, Patoki, Nontoka, Toka ! Voici des mots qui reviennent souvent à ma mémoire. J'étais tout jeune enfant et je vivais dans la forêt tout près de la mer, sur une île, comme ici. Une rivière traversait le village. Chaque jour, je crois, nous nous baignions et nous jouions à Toti. Toti, cela veut dire l'eau. Vous le savez bien. Nous parlons, en cachette, le même langage.
L'eau était partout. Parfois, avec mes amis, nous remontions la rivière jusqu'au torrent. C'était pénible. Mais, après les pierres et leur danger, nos efforts étaient récompensés. Nous atteignions Patoka.

– Patoka ! La cascade !
lance Stombi, les yeux écarquillés.

– C'était un lieu interdit, un endroit tabou. Les adultes ne voulaient pas que les plus jeunes se retrouvent à Patoka. Une chute d'eau chaude abreuvait un gouffre. Les plus grands d'entre nous connaissaient le péril. Il fallait la contourner sans glisser.
J'étais plus grand que ceux de mon âge. Alors mes amis m'ont dit un jour : « Tu es notre chef ! Il y a le chef des adultes, toi, tu seras le chef des enfants. » J'étais très fier. Je succédais à un grand que nous admirions tous, le len-

demain où, précisément, il devint adulte pour de bon, lors d'une cérémonie tenue secrète aux plus jeunes. La fameuse cérémonie de *Shrih Com' Bah*!
Du coup, je devins Patokin, chef de Patoka, roi de la cascade ! Les plus robustes et les plus astucieux parmi les enfants découvraient Patoka quand ils avaient tué un serpent avec un arc et une flèche. Le trophée de l'animal assassiné était jeté au milieu du gouffre. S'il flottait, le jeune meurtrier n'était pas admis à Patoka. S'il coulait, le candidat prenait la place d'un enfant qui partait dans le cercle des grands. Ainsi, nous étions toujours le même nombre comme les doigts des deux mains : dix.

– Mais Henrique, les serpents flottent toujours ! remarque Tambo.

– Bien sûr, un serpent flotte. Mais il y avait le secret du serpent mort, et ce secret n'était pas livré à tout le monde. La clé du mystère consistait à bourrer la bouche du reptile de petits cailloux ronds à l'aide d'un bâton. Le serpent ainsi lesté coulait au fond de l'eau !
Sur l'île de Patoka poussaient de splendides roseaux. Avec nos machettes et des lianes souples et solides, nous fabriquions de robustes embarcations. Nos canoës avaient cinq places. Quatre pagayeurs et un pilote. Évidemment, j'étais pilote. Nous organisions des expéditions vers la mer tantôt

tumultueuse, tantôt calme. Et toujours les vagues nous fascinaient. Là, nous chassions le petit requin avec nos lances aux pointes durcies dans une braise ardente.
Sans me flatter, vous pouvez me croire, j'étais souvent le meilleur chasseur de jeunes requins.
Patoki, la reine de la cascade, m'avait même surnommé : Patokin, le frère des requins. Je nageais avec eux sans peur. Au milieu d'eux, j'oubliais de respirer, je devenais Toti, je me coulais dans l'eau, l'air de rien, et leur caressais le ventre. Ils sont très malins les requins, mais ils n'ont pas la même mémoire que nous. Ainsi, je participais à leur danse, c'était ma méthode de chasse. Les requins n'ont peur de rien, mais sont un tantinet naïfs. Je repérais vite le plus timide d'entre eux. Je l'imitais dans ses mouvements. Il me suivait. Je l'isolais du groupe et, lentement, je dégainais mon poignard, roseau court et effilé, et le plantais dans son œil d'un coup vif. Le plus rapidement possible, j'accompagnais ses derniers soubresauts jusqu'à la surface. Là, mes amis me hissaient dans la pirogue tout aussitôt : d'autres requins, attirés par le sang, revenaient, menaçants.

– Tu n'as jamais été mordu ?
s'inquiète Stombi.

– Bien sûr que si ! Regardez mon mollet droit. Patoki m'a soigné trois jours durant. C'est là que je suis tombé amoureux d'elle. Elle était la plus belle des filles du village. Mais elle aimait un grand, Nontoka, le fils du chef. Lui ne la regardait même pas ! Elle était malheureuse et me confiait souvent son chagrin, à la cascade Patoka, le soir au clair de lune. Nontoka devait se marier avec la fille du chef du village de l'autre forêt. Tout était décidé à l'avance par les anciens.

– Tout a bien changé !
note Tambo.

– Pas tant que ça. Patoki tomba malade. Pas dans son corps, non, les esprits du village ne l'auraient pas permis. Patoki devint plus triste que la tristesse, plus silencieuse que le silence, plus morte que la mort.
Alors, je décidai de la venger. Moi seul savais que Nontoka, ce grand prétentieux, était responsable de la maladie de l'âme de Patoki.
Avec quatre amis fidèles, grands pêcheurs de requins et redoutables chasseurs de serpents, je préparai un piège pour Nontoka. Nous savions que son orgueil était plus haut que la montagne. Nous lui lançâmes un défi.

– Le sacré défi de la cascade ? Pour venger Patoki ?
demande Stombi.

– Oui. Il devait plonger au fond de Patoka et remonter le plus de serpents morts en une seule fois. J'avais été le

meilleur dans cette épreuve : sept serpents d'un coup. Je le défiai pour huit !
Il devait perdre. C'était inévitable. Bien avant l'heure du grand rendez-vous, sous la voûte étoilée de la nuit, mes quatre compagnons et moi plongeâmes cent fois au fond du gouffre de la cascade. Nous avons enlevé tous les serpents, tous les cadavres des serpents, sauf sept !

– Bien joué !
s'exclame Tambo.

– Pas tant que ça. Nontoka se sentit déshonoré. Et humilier un orgueilleux le rend très en colère. Personne ne peut contenir sa haine et sa violence.
Nontoka sort de l'eau. Il crie, soulève des pierres énormes, les jette au loin, sur nous, à côté de nous, partout. Rempli de rage, Nontoka casse la cascade. Les pierres sont éparpillées. Patoka est un champ de ruines. Tout est Toti, de l'eau ruisselant dans tous les sens, un marécage avec de gros rochers qui émergent çà et là. Furieux, Nontoka hurle une dernière fois : « Vous serez punis pour cet affront au fils du chef ! » avant de disparaître en courant.
Le père de Nontoka, Toka, le chef du village convoqua l'assemblée des anciens. Ils nous firent comparaître juste avant l'aurore, avant que les femmes et les très jeunes ne se réveillent.

Ce matin-là, pas un oiseau, pas le moindre vent, pas le moindre petit bruit. Rien. Un vide sans rien. Les vieux sages avaient stoppé le cours naturel des choses. Tout ça à cause des vauriens que nous fûmes. Une fois, une seule fois avait suffi. Une seule faute et toute une vie qui bascule. Pourquoi ? Je ne me posai même pas la question. C'était ainsi.

– Pas de pardon pour les plus jeunes ?
déplore Stombi.

– Le pardon ? Laissez-moi sourire. La faute implique la peine sans appel. J'entends encore la voix forte de Toka tranchant le silence de l'aube : « Toi, Patokin, tu n'es qu'un coquin ridicule, petit roitelet de pacotille. Quant à vous quatre, amis de votre ami et traîtres à Nontoka, asseyez-vous et taisez-vous ! Vous avez humilié votre futur chef. Vous allez donc être punis. Désormais, vous ne faites plus partie du clan. Heureusement pour vous, vous n'avez pas encore subi *Shrih Com' Bah*, la cérémonie des grands. Vous ne serez donc pas offerts en sacrifice aux Mangeurs d'enfants du village voisin, Pakalolo. Mais vous serez bannis. Devenez tous les cinq tabous pour la vie ! Suivez-nous ! »
Un cortège solennel et silencieux nous escorte vers le rivage.
« Voici une pirogue, deux noix de coco, trois mangues, quatre pagaies et cinq outres d'eau douce. Que le vent

vous emporte ! Partez dans la mer infinie devant vous et ne revenez jamais en arrière ! Naviguez soleil couchant, le grand œil du jour vous rattrapera et vous ne pourrez vous arrêter que lorsque vous verrez à nouveau l'œil de la nuit, la lune de *Shrih Com' Bah* ! »
Je me souviens du jugement comme si c'était hier. Nous sommes partis sans nous retourner. Les quatre pagayeurs serrent les dents de rage et pleurent. Je pilote la pirogue à voile. Mon cœur ne voit que mon amie Patoki. La mer s'étale comme un lac. La voile ne sert à rien. Et nous ramons, ramons longtemps, longtemps.

– Et tes parents, Henrique ?
Tes parents n'ont rien fait ?
interroge Tambo.

– À part Nontoka, le fils du chef, aucun enfant n'avait de parents à proprement parler. Je les aimais, mes parents, et ils m'aimaient. Mon père surtout, car j'étais son seul fils. Il n'avait pas eu d'autres enfants, il préférait s'occuper de tous les enfants. Il aimait nous apprendre mille et une astuces pour nous faire grandir vers la liberté, c'est-à-dire nous débrouiller par nos propres moyens. Ma mère, sa principale épouse, comme toutes les autres mamans, avait plusieurs maris et plusieurs enfants. Elle donnait à manger à tous les enfants et toutes les mères s'occupaient de tous les enfants.

Mon père m'a appris le tir à l'arc et le lancer de fléchettes, la chasse aux requins et la pêche aux coquillages, la traque des poissons à mains nues, la construction des bateaux et l'art de les piloter. La mer, les vagues, les courants, le sens du vent, des pluies, la position des étoiles dans le ciel, les mouvements réguliers de la lune, et le soleil.
Je lui dois beaucoup. Je lui dois presque tout. Il m'a donné le sens de la vie, de la survie, du travail et de l'action. Ma mère, notre mère, nous a beaucoup aimés et c'est infini l'amour d'une mère. Ma mère m'a appris à aimer mes amis. Mon père m'a enseigné le respect de mes ennemis.

– Mais ils n'ont rien fait quand tu as été banni ? insiste Stombi.

– Les parents ne peuvent pas faire grand-chose dans ces cas-là. Ma mère devait préparer le repas du matin des petits enfants. Et lors du jugement, mon père était là, bien présent, debout et silencieux avec les autres hommes, les anciens. Nous ne nous sommes regardés qu'une seule fois. Ses yeux noirs brillaient. Nous nous sommes dits en silence tout notre amour, toute notre amitié et toute notre confiance. Et c'est exactement cela le vrai respect : la confiance, l'amitié et l'amour ensemble dans un regard.
Je n'ai jamais oublié mon père. Et ma mère est toujours là dans mon cœur.

– Après, après ! Et après ?
s'impatiente Tambo.

– Demain, demain. Il est tard,
murmure Dolo.

Et Stombi tombe de sommeil.

CHAPITRE

2

Esclave !

Où Patokin devint Patankao et pourquoi il livra son dernier combat à Malacca. À propos d'un vieux sage chinois.

– Les Espagnols ont fini leur ronde.
Oublions un moment leurs ombres,
dit Dolo.

– Alors Henrique, comment as-tu survécu,
banni, au milieu de la mer ?
entame Tambo.

– Et tes amis ?
poursuit Stombi.

– La mer trop plate du matin. Je me souviens des dos de

mes camarades. De leurs muscles tendus. Jamais ils n'ont pagayé avec autant de rage silencieuse et d'effroi devant l'inconnu. Nous sommes les cinq doigts d'une main. Nous ramons. Le soleil est sans ombre. Autour de nous, rien que la mer, Toti, toujours Toti, rien que Toti, la mer, l'eau, les vagues. La brise nous emporte de plus en plus loin. Son souffle suit sans cesse la course du soleil le jour et le mouvement de la lune la nuit. La mer scintille de mille paillettes. Pas de nuage, pas de pluie. La lumière devient cruelle. L'eau douce devient vite un lointain souvenir. La soif et le sel. Mes amis ont de plus en plus peur, ils ne parlent toujours pas. Ils rament, ils pleurent, nous souffrons. Le soleil se noie dans l'horizon là-bas, loin, dans l'eau. La lune énorme nous éclaire. Trois journées ont suffi pour épuiser nos maigres ressources. La pirogue glisse sur le miroir noir de la mer. Nous nous endormons de fatigue et de désespoir, le ciel étoilé au-dessus de nos têtes.

– Les étoiles !
s'émerveille Stombi.

– Mon réveil est cruel. Allongé sur une natte, des voix incompréhensibles et des bruits bizarres percent mes oreilles. Le soleil brûle ma peau. Ballotté par le roulis, je perçois autour de moi une animation inhabituelle. Une odeur pestilentielle de soufre m'irrite le nez. Le sel pique

mes yeux. Une soif terrible assèche ma gorge. Des ombres d'hommes dansent dans la lumière comme des fantômes dans un cauchemar. Suis-je vivant ? Suis-je mort ?
La seule réponse à ces questions est un coup de fouet. Il me donne la preuve cinglante que je suis bien vivant. Je suis en piteux état sur une jonque, un bateau de pirates chinois. De l'eau ! Si je ne bois pas d'eau douce, je serai bientôt bon pour nourrir les poissons. Un vieux marin me tend un gobelet de bois. Je plonge dans les délices de Toti, l'eau, et m'effondre. Je vois alors la cascade de Patoka en rêve.

– Une jonque de pirates chinois ?
demande Tambo.

– C'est le plus grand des bateaux qui m'aura embarqué. Cinq mâts décalés, autant de voiles en éventail, un fond plat à peine arrondi, des canons. Tout pour attaquer les navires marchands. Mes pirates chinois trafiquaient surtout le soufre pour fabriquer de la poudre explosive. L'odeur du soufre était suffocante. Mais avec l'habitude, j'ai commencé à moins la sentir.

– C'est la même poudre dont se servent
les soldats espagnols ?

– Oui, Stombi. Un peu de poudre au fond d'un tuyau de fer est allumée par une étincelle et un boulet est projeté.

– Belle invention chinoise !
ironise Tambo.

– Et que sont devenus tes amis ?
s'enquiert Stombi, sérieuse.

Les cinq doigts d'une main ont été coupés. Mes quatre compagnons ont disparu. J'ignore s'ils sont vivants, morts, noyés, enlevés par d'autres pirates... Je ne sais pas. Parfois, dans mes rêves, ils me parlent et je leur réponds. Ils entendent ma tristesse quand je vis mon remords. Je leur dis simplement que je les aime toujours, du fond de mon âme de squale, du fond de la cascade de Patoka.

J'étais seul, réduit à l'esclavage, bon à tout faire durant des jours et des mois. Les nuits étaient courtes. Je lavais le pont, briquais les mâts, tirais les cordages. Traité pire qu'un animal, entre la cravache et de dégoûtantes soupes d'eau de mer aromatisées d'arêtes de poissons, je ne dus ma survie qu'à une santé robuste. Ma peau devint pareille au cuir d'un cobra. Mes mains calleuses s'étaient transformées en pinces de crabes.

Un vieux pirate, un sage, me prit en pitié. Il avait dû comprendre ma rage de vivre. Les autres marins l'écoutaient et le respectaient. Après plusieurs lunes, je devins indispensable pour plonger et pêcher les requins. Quand les Chinois attaquaient d'autres navires, je restais avec le vieux. Nous parlions peu. Il m'a cependant beaucoup apporté. Il a été pour moi un second père.

– Un peu comme toi avec nous ?

– Il m'a transmis le calme et la force intérieure. Il m'a appris le silence du serpent et la vigilance du tigre. Le vieux sage, tout le monde l'appelait Sannsé. Cela veut dire l'ancien, je crois, dans la langue de Cipango[1].

– Cipango ?

– Le pays du soleil levant. Une île géante à côté de l'immense empire de Chine. Une nuit, tandis que les pirates avaient ancré le bateau à quelques brasses de leur repaire et rejoint une crique rocheuse sur une île déserte, Sannsé me confia son secret. Lui-même avait été esclave des Chinois. Mais il n'était pas Chinois ! Il avait grandi à Cipango. Emprisonné après une longue et terrible guerre entre les deux pays, il fut vendu à un marchand d'étoffe très précieuse, la soie, un fil fabriqué par des vers. Le gros commerçant fut un jour piraté et Sannsé ne dut sa survie qu'à ses talents de cuisinier : les pirates appréciaient sa soupe veloutée aux ailerons de requin et raffolaient de ses limaces de mer au gingembre marinées dans du jus de citron. Sannsé avait conquis leur estime en flattant leur

1. Nom donné au Japon par Marco Polo au XIIIe siècle.

palais. Une façon d'être libre sans que personne ne s'en aperçoive.

– Comme nous quand les Espagnols rôdent ?
proposé Tambo.

– Pas exactement, glisse Dolo.
Nous ne passons pas encore les plats
aux soldats espagnols.

– Surtout ne leur donne pas ta recette
de gâteau de riz !
supplie Stombi.

– Tous les matins et tous les soirs, Sannsé s'asseyait en tailleur, le dos très droit, les mains à peine liées l'une à l'autre. Ses yeux mi-clos ne bougeaient pas. Il demeurait dans cette posture immobile un temps assez long. Rien ne pouvait le déranger. Rien ne semblait pouvoir le toucher. Il était là, ici et maintenant, et les autres le croyaient ailleurs.

– Ah, je comprends mieux maintenant pourquoi
tu fais la même chose tous les matins !
Tu fais ta lessive en silence !

– Oui, Tambo, Sannsé a changé ma vie. Il m'a appris à supporter l'insupportable, à tolérer les pires situations, à affronter dignement les insultes, les trahisons et les coups de poignard dans le dos !

– Finissons-en avec ces pirates chinois,
sinon il faudra des lunes et des lunes à Henrique
pour que vous connaissiez son histoire,
dit Dolo.

– Les Chinois pirataient souvent la nuit. Les marchands arabes étaient des proies faciles. Une fois pourtant, lors d'un assaut, les Arabes résistent et les Chinois s'enfuient. Je profite du désordre et saute à la mer. Je nage longtemps sous l'eau. Au milieu de la mer, je m'agrippe à un espar, morceau de bois flottant, mais un filet m'enlace. Me voici esclave des marchands arabes !

– Les marchands arabes ?

– Les commerçants arabes sont très malins. Ils achètent ou ils volent des jeunes gens en bonne santé. Ils les dressent comme des animaux. J'ai dormi dans une cage pendant des mois. Tous les matins et tous les soirs, ils m'ont appris à jongler, à lancer des couteaux, à marcher sur les mains. Cette gymnastique fut un bienfait. Je devins fort comme un éléphant, vif comme un léopard, habile comme un singe. Les Arabes me firent participer à des combats d'esclaves. Ils gagnèrent beaucoup d'argent, prix de mes victoires. Ils m'ont ainsi appris à compter et à lire leurs chiffres : 1 2 3 4…

– Tu as failli mourir ?

– Plusieurs fois. Les tournois se déroulaient à mains nues. Le but était l'étranglement de l'ennemi. Plusieurs fois, j'ai étouffé sous des doigts plus forts que la force. Au moment de mourir, j'arrêtais mon souffle. Comme dans l'eau. Le vieux Sannsé m'avait aussi appris à respirer très peu et très lentement. Mon adversaire croyait que j'étais mort et lâchait prise. À cet instant précis, surprise ! Je bondissais et gagnais la bataille. Un mort peut tuer.

– Tu as tué beaucoup d'hommes ?

– Voilà une question bien délicate, Tambo, soupire Dolo.

– Bien délicate, en effet. Pardonne-moi, Tambo. Oui, j'ai tué beaucoup d'hommes. Si je ne les avais pas tués, ils m'auraient tué. Je voulais vivre. Vivre pour retrouver Patoki. Et vivre, parfois, c'est vaincre ou mourir.

– Parfois, mais pas toujours,
murmure Dolo, philosophe.

– Oui, Dolo, seulement parfois. Et le moins de fois possible. Vivre, le plus souvent, c'est tout simplement survivre. Je ne suis pas fier d'avoir tué des ennemis. Je n'ai pas honte non plus. J'ai respecté et je respecte toujours ces ennemis condamnés au combat mortel.
Je devins le combattant à abattre. On me surnomma Patankao, le tueur. On me vendit, on m'acheta, on me revendit, on me racheta des dizaines de fois. Chaque fois plus cher. Finie la cage. Mais je n'avais pas mon mot à dire. Jusqu'à mon dernier combat officiel.

– Ton dernier combat?
s'exclame Tambo.

– En 1511, les Portugais débarquent et soumettent le port de Malacca, en Malaisie. Ils font régner l'ordre mais les échanges commerciaux se poursuivent. Les Arabes et les Chinois continuent d'organiser des combats d'esclaves. Les soldats portugais arpentent le port et surveillent tout. Mais un marchand arabe m'achète et m'emmène dans

son palais. C'est ton dernier combat, me dit-il. Maître Omar était très riche. Ce malicieux commerçant arabe, rusé et discret, enlève donc les chaînes de mes pieds. Me voilà au service de sa somptueuse demeure.
« Patankao, tu ouvriras les portes de mon palais. Tu es désormais le gardien de ma maison. Surveille bien toutes les allées et venues. Écoute tout ! Tu es mon oreille. Rapporte-moi tout ce qui se trame dans mon dos. Désormais, tu es responsable des eunuques. »

– Un eunuque ?
questionne Tambo.

– C'est un homme qui n'est plus tout à fait un homme. Il ne risque plus d'ennuyer les femmes. Ainsi, les femmes de mon maître étaient condamnées à lui être fidèles.

– Ses femmes sont ses esclaves !
s'écrie Stombi.

– Oui. Les plus riches possèdent une femme pour chaque jour de l'année. Mais les riches préfèrent consommer de bons plats mijotés. Ils grossissent tellement qu'ils n'ont plus le temps d'honorer les esclaves lascives.
Parfois, j'accompagne maître Omar sur les quais du port. Malacca est plein de bateaux de toutes sortes. Des jonques à trois mâts glissent en silence. De longues perches poussent au ralenti leurs radeaux carrés chargés d'étoffes

ou de fruits. Des barques souples aux voiles tressées ressemblent de loin à des insectes bizarres. Elles vont et viennent de quai en quai. Des barriques, poussées par des esclaves en sueur, roulent de baraque en baraque. On charge, on décharge, on trafique. Et les soldats portugais surveillent toujours.

– Un peu comme ici à Palilo, notre île, que les soldats espagnols ont conquise, dit Dolo.

– Oui. Mais Malacca est une forteresse tout en cailloux, plus dure que le plus dur des bois durcis au feu. Des quais en pierre, des tours solides et hautes. Jour et nuit, beaucoup de bruits, d'agitations et des centaines d'odeurs. Malacca est un capharnaüm, une ruche bourdonnante. Ici un sultan couvert d'étoffes colorées, là un Arabe à la noire barbichette, à côté un Indien et son turban blanc, plus loin un petit Chinois aux yeux impénétrables, plus près un soldat portugais dans sa fière cuirasse, encore un marin javanais ivrogne, et toujours, partout, une foule d'hommes et de femmes, une fourmilière effervescente. Au-dessus, le soleil. Chaud et humide. Il brille pour tout le monde, le soleil. Et tout le monde ne le sait pas. Chacun possède un rayon de soleil. Sannsé me l'a enseigné. Car nous avons tous un cœur qui bat au fond de nous. Chaque cœur est un soleil. Nous devons tous trouver notre soleil.

Malacca est le port du soleil. Suffocant. Des hommes de toutes couleurs et de tous horizons se battent pour capturer le soleil. Mais le soleil n'appartient à personne. Et personne ne veut le savoir. Nous avons tous un soleil au fond de notre cœur. Mon rayon de soleil, c'était Patoki.

– Tu pensais souvent à elle ? demande Stombi, l'air de rien.

– Patoki m'a toujours donné la force. Ses yeux ne m'ont jamais quitté.

– Tu penses toujours à elle, aujourd'hui ? insiste Tambo, l'air sérieux.

– Oui. Bien sûr que oui. Évidemment ! Et plus que jamais ! Patoki a toujours été, au fond de moi, ma pirogue fidèle, mon navire imaginaire. J'ai vu couler beaucoup de bateaux. Patoki était là, dans ma tête et dans mes rêves. J'ai emporté Patoki avec moi. Elle m'a transporté sur toutes les mers. Elle m'a sauvé de bien des naufrages. À Malacca, un soir, j'ai bien cru apercevoir Patoki. Était-ce bien elle ? Rien n'est certain. Peut-être avais-je rêvé.

– Tu pouvais circuler librement dans la ville ?

– Librement est un bien grand mot, mais j'ai su gagner la confiance de mon maître Omar et je l'accompagnais donc, sans chaînes, dans les dédales du grand port. À Malacca, on s'espionne, on convoite, on se jauge. C'est que Malacca est un point de passage crucial pour le commerce des esclaves et les échanges de mille produits. Les riches maîtres aiment pavaner sur les quais. Ils s'amusent à comparer les atouts de leurs esclaves.
« Avez-vous vu ses muscles ?
– Le mien est plus fort !
– Je gagne beaucoup d'argent avec lui.

– Combien vaut-il ?
– Je vous l'échange contre trois jeunes femmes siamoises.
– C'est trop cher !
– Moi, je vous propose vingt sacs de poivre de Malabar !
– Impossible !
– Cannelle ? Noix de muscade ? Clous de girofles ?
– Porcelaine de Chine contre rubis de Ceylan ?
– Camphre de Bornéo !
– Soie de Chine !
– Ce jeune Javanais vaut son poids de tabac !
– Opium, de l'opium pour rêver et dormir… »
Telles étaient les conversations parfumées d'épices et de plantes médicinales que je pouvais entendre et sentir. Avec le temps, j'appris les mots de plusieurs langues : chinoise, arabe, indienne, siamoise, persane, portugaise et espagnole, bien sûr.

– Il est tard. Demain est un jour nouveau,
dit Dolo.

– Déjà ?

– Déjà ?

– Il faut dormir, sinon les Espagnols
nous réveilleront à coup de piques !
poursuit Dolo.
Au dodo.

CHAPITRE

3

Henrique ?

Comment Patokin, rebaptisé Henrique par un capitaine de marine portugais, suivit celui-ci jusqu'à Lisbonne et pourquoi il devint son ami.

– Tout est calme,
dit Dolo.
Mais penchons notre nez sur la *Bible*
et écoutons Henrique.

– Les journées à Malacca étaient plutôt tranquilles jusqu'au jour où, un matin, un capitaine portugais demande à être reçu dans le palais du riche Omar. J'ai compris tout de suite que ce soldat n'était pas comme les autres. Petit, il a levé ses sourcils broussailleux vers moi. L'esquisse d'un sourire — un léger pli à peine perceptible — a traversé sa barbe noire.

Longtemps, mon maître Omar et son visiteur ont parlé, papoté, palabré. À l'issue négociée de leur dialogue interminable, mon maître m'a dit : « Désormais, tu appartiens au Portugais. Il est homme de guerre et marin. Il a vu tes exploits lors de ton dernier combat. Il a besoin d'un jeune homme aussi robuste et fort que toi. Aide-le en toutes circonstances, il est homme de bien. *Inch Allah.* »

– *Inch Allah*?

– En arabe, ça veut dire : « Si Dieu le veut. » C'est une façon de souhaiter bonne chance… ou bien d'invoquer les esprits… ou encore d'appeler le secours du destin… Que sais-je ?

– As-tu été vendu très cher ?
demande Tambo.

– Je l'ignore. Très vite, mon nouveau maître portugais m'inspire une grande confiance. Son premier regard m'a ébloui.
« Tu m'appelleras Patron. Comment t'appelles-tu ?
– Patokin, roi de la cascade de Patoka.
– Tu n'es pas roi. Le seul roi que je connaisse s'appelle Manuel[2].
– On m'appelle aussi Patankao, guerrier invincible.
– Pas tant que ça… Alors Patokin ou Patankao ?
– Appelez-moi comme bon vous semble.
– Eh bien, garde ton nom et ne dis rien, me dit-il. J'aime les secrets. Et les hommes qui savent garder les secrets sont précieux. Par saint Elme ! Voyons, quel jour sommes-nous ? Aujourd'hui est la saint Henri. Tu t'appelleras désormais Henrique. C'est un nom important Henrique. Dans mon pays, le Portugal, Henrique était le roi des

---

2. Manuel Ier, dit le Fortuné, roi du Portugal. C'est sous son règne (1495 à 1521) que Vasco de Gama a ouvert la route vers les îles aux Épices en 1498.

navigateurs. Il n'a jamais navigué mais il était prince, fils de Jean Ier du Portugal. Toi, tu n'es pas roi mais tu sais naviguer. De plus, tu parles plusieurs langues. Ton ancien maître m'a certifié toutes tes qualités. Tu seras mon interprète. J'ai vu ton dernier combat d'esclave. Tu es un jeune homme fort et habile. Tu seras mon garde du corps. »

– C'est quoi un garde du corps ?
sourcille Tambo.

– Je dois veiller sur mon patron jour et nuit. Un garde du corps veille et ne surveille pas. Il garde intact le corps de son patron. Il ne veille pas à son âme. Il est attentif au moindre bruit bizarre. Tout est dans le respect, la juste distance. Et surtout, il doit se montrer très discret.

– Toi, discret ? Avec toute ta hauteur ?

– Ne te moque pas de la taille de Henrique.
C'est souvent utile d'être un peu plus haut
que la moyenne. On voit souvent plus loin,
lance Dolo en caressant les cheveux de Stombi.

– C'est alors qu'il t'a emmené dans son pays ?
reprend Tambo.

– Pas trop vite, Tambo. Pas d'impatience ! Nous sommes restés assez longtemps dans les eaux autour de Malacca.

Mon patron m'a appris à manœuvrer les plus beaux bateaux du monde dans le détroit. Ces trois-mâts majestueux à larges bords sont des palais flottants. Ces navires, ou nefs, se nomment encore caraques. Les Portugais ont copié le mot aux Arabes. Les voiles forment de grands carrés. À l'exception d'une voile triangulaire à la poupe. Sur chaque bord, quatre gros tuyaux de fer crachent le feu, le tonnerre et la fumée, et envoient des boulets de lourd métal plus loin qu'une flèche. Ce sont ces canons de l'armée portugaise qui ont bombardé et soumis le port de Malacca en 1511, pour y régner et contrôler le commerce.

– Il y a donc soixante-six ans !
s'exclame Tambo avec fierté.

Stombi dit à Henrique :
– Et toi, tu as au moins quatre-vingts ans !

– Eh oui, dit Dolo, nous avons
de la chance de vivre aussi longtemps.

– Et la vie n'est pas finie, poursuit Henrique
en clignant de l'œil du côté de Dolo.

– Ton patron, ton marin portugais,
dis-nous vite son nom !
reprend Tambo.

– Il s'appelait Fernando. Fernando, cela veut dire *sandala.*

– *Sandala*? C'est-à-dire « Frère » ? traduit Stombi.

– Oui. Frère. Comme vous, Tambo et Stombi, êtes frère et sœur. Personne n'osait l'appeler Fernando. Il était très respecté des soldats portugais et des marins. À Malacca, on l'appelait capitaine Magellan.

– Capitaine ?

– C'est un titre très important. Un capitaine est à la tête des soldats. Il commande les officiers et les marins, il

dirige les bateaux, il sait faire la guerre. Il maîtrise le feu des canons. Il porte une épée et régit les pages.

– Les pages ?

– Sur les bateaux, les jeunes pages font des prières et comptent les heures du temps en retournant les sabliers. Ils ne doivent pas se tromper. Et compter le temps est très important pour naviguer en haute mer, loin des côtes.

– Et Magellan, ça veut dire quoi ?

– Magellan…
Magellan avait l'allure d'un magicien patient, l'élan têtu d'un mage sévère, les yeux profonds et noirs d'un guerrier aux aguets, la barbe en bataille d'un sage ancien, les sourcils majestueux d'un marin de haute mer.

– Tout ça ?

– Plutôt petit, Fernando Magellan était trapu et vigoureux. Son regard scrutateur, décidé et doux à la fois, traversait les brouillards et les nuits. Tel l'aigle, il pouvait fixer le soleil en face. Tel le pélican, il aurait donné sa vie pour ses équipages, pages et matelots, marins et pilotes. Les gens de mer, ma famille, me confia-t-il un jour.

– Et son pays ? Parle-nous de son pays !

– Oui. Parle-nous du Portugal !

– Avant de parler du Portugal, ne voulez-vous pas savoir comment ils sont devenus amis ? intervient Dolo dans un sourire complice à Henrique.

– C'est vrai. Tu as raison Dolo.

– C'était encore à Malacca. Je l'accompagnais partout dans ses déplacements. Il me fait comprendre les dangers de mort qui planent sur tous les Portugais. Mahmoud, sultan de Malacca, n'a pas supporté de perdre son pouvoir. Déchu, le roi fuyard et hypocrite est prêt à se venger par n'importe quelle fourberie. Retranché à Muar, non loin de Malacca, il finance espions, mercenaires et assassins. Un Portugais assassiné vaut une pincée d'or pur, soit un kilo de poivre. Trois Portugais morts rapportent une poignée du précieux métal. Imaginez le prix d'un capitaine ! Un ancien esclave ayant combattu du côté du sultan Mahmoud, libéré par les Portugais, m'en informe. J'alerte mon patron Magellan. Il feint de ne rien entendre. Mal lui en prend.

Comme nous nous rendons au quartier chinois pour négocier quelques porcelaines, nous tombons dans une embuscade. Magellan sort son épée. Contre l'habileté de ses attaquants, l'arme est trop lourde. Magellan blesse le premier et transperce le deuxième. Mais, tels des macaques sauvages, d'autres félons surgissent des ruelles, jaillissent des porches tels des frelons fous. À mains nues, j'étouffe un lâche, brise le cou d'un poltron, écrase les os d'un couard et m'empare du kriss d'un fuyard.

– C'est le couteau que tu portes toujours à la ceinture ?

– Oui. C'est son kriss. Il ne m'a plus quitté. J'apprivoise aussitôt sa lame courte et ondulée, sa pique pointue et son manche très maniable. En un éclair, je redeviens Patankao et les assaillants prennent la fuite. Magellan me regarde fixement :
« Henrique, tu m'as sauvé la vie, me dit-il. Tu n'es plus esclave, tu es mon ami. Garde ce kriss, signe de mon estime et de ma confiance. Quand j'aurai atteint le but de ma vie, tu seras libre. Nos destins sont désormais liés. Et puis, je pensais à cela depuis longtemps, en échange de ton affranchissement, tu vas m'apprendre… à nager !
– À nager ? Vous ne savez pas nager ?
– Nul ne doit le savoir. En fait, très peu de marins savent nager. Les navigateurs sont gens de terre. Les embarcations sont leurs maisons. Si la maison brûle et coule, à quoi bon flotter ? Si une nef coule, le marin se noie. C'est la loi de la mer. Toi, Henrique, tu es un poisson. Fais de moi un serpent de l'océan.

– Magellan ne savait pas nager ?
s'étonne Tambo.

– Les Portugais mangent trop de cailloux !
se moque Stombi.

– Nous marchons une bonne heure. Nous nous éloignons du port. Une crique en forme de cirque. Magellan ôte sa lourde cuirasse, sa chemise, ses bottes, son casque, ses basques, jusqu'à son justaucorps.
« Que dois-je faire maintenant que je suis nu comme un ver ? s'enquiert-il.
– Suivez-moi ! rétorquai-je. »
J'entre dans la mer calme et disparais sous une vague. Henrique mute d'instinct en Patokin. Je nage loin sous l'eau. Magellan ne peut plus me voir. Je croise un gentil requin et lui caresse le ventre. Une pieuvre se cache sous un roc biscornu. Quelques crabes grignotent le sable. L'eau est limpide. Son sel pique peu. Mes yeux mi-clos repèrent les pierres d'un petit cap. Je fais surface au bout de la jetée. J'escalade les rochers à toute vitesse et grimpe tout en haut de la crique. Magellan est nu face à l'océan. Il ne bouge pas.
– Ohé !
Magellan pivote.
– Descends immédiatement Henrique !
Je m'exécute en un éclair.

– Comment as-tu fait ? Serais-tu un poisson soluble ?
– Maître Magellan, je ne suis pas un poisson, je suis un requin. Sous l'eau, le secret est la respiration. Apprenez à retenir votre souffle et vous deviendrez requin.
Après quelques exercices, Magellan nage sous l'eau, jette lentement ses bulles d'air et émerge pour aspirer le vent entre deux vagues. Il semble satisfait. Il ne me dit rien. Magellan ne sourit jamais.
À l'époque de Malacca, je ne parlais pas bien le portugais. Mais j'ai compris que j'étais son ami, l'ami de Magellan.

– Son seul ami ?

– Non. Son ami d'enfance s'appelait Francisco Serrao. Je ne l'ai vu qu'une seule fois. Magellan et Serrao se disaient au revoir. J'entends encore Francisco parler à Fernando : « Je pars, mon ami. Je retourne à Ternate[3], l'île du bonheur. Là-bas, les fruits sont délicieux et la vie est douce. Le roi de Ternate m'accueille comme un prince. Une de ses filles, m'a-t-on confié, serait amoureuse de moi. Tu imagines ? Je quitte l'armée portugaise. La guerre m'épuise. Viens avec moi !
– Ami Francisco, mes devoirs m'attendent au Portugal. Et je veux encore étudier !

3. Ternate est une des principales îles aux Épices (muscade, girofle) dans l'archipel des Moluques, en Indonésie.

– Ami, rejoins-moi plus tard. Je t'attendrai.
– Je te rejoindrai. J'en fais le serment. »
Leur salut semblait un adieu.

– Magellan t'a donc emmené au Portugal ?
demande Stombi.

– Oui. Nous quittons Malacca. Nous voguons loin, très loin. Toujours vers le soleil couchant. Des jours, des nuits. Des nuits, des jours. Aurores et crépuscules se succèdent. Impossible de les compter avec les doigts des mains et des pieds. Souvent, les navires jettent l'ancre près de la terre. Magellan m'explique que cette terre n'est pas une île. C'est une terre immense. Les Portugais appellent cette terre Afrique. À chaque escale, pour marquer un territoire nouvellement découvert, ils construisent un padron.

– Un patron ?

– Non, Tambo, un padron, c'est un monticule de cailloux surmonté d'une croix. La croix du fils de Dieu.

– La croix gravée sur la *Bible*,
leur livre sacré qui raconte la mort sur la croix
du fils de Dieu ?

– Oui, le même livre que nous lisons tous les matins
pour leurrer les Espagnols, dit Dolo.

– « Nous allons contourner l'Afrique, me dit un jour Magellan. Une longue navigation sur des eaux grises, et puis, au sud, c'est-à-dire tout en bas, le cap des Tempêtes découvert par mon compatriote Dias. Le bon roi Jean[4] l'a rebaptisé cap de Bonne-Espérance pour ne pas décourager les expéditions vers les îles aux Épices. Dias a ouvert la route des Indes à Vasco de Gama, le prince des marins. Et Gama a pu accoster à Calicut, aux Indes, en 1498, sur les traces du célèbre marin chinois Zheng He. Puis nous remonterons vers le nord. Nous voguerons un peu à l'ouest, puis à l'est, afin d'éviter la grande zone de l'océan sans vent. Enfin, nous toucherons Lisbonne, la capitale du Portugal, la perle de l'Atlantique. »

Lisbonne se croit le centre du monde. Un kilo de poivre vaut une pincée d'or. Magellan est triste. Son beau pays conquérant a changé. Le Portugal est devenu riche, trop riche. L'argent rend toujours arrogant. Les prétentieux Portugais dominent les autres peuples. Ils méprisent les Italiens, détestent les Espagnols, respectent à peine les Français, bataillent en mer contre les Hollandais. Ils se chamaillent pour devenir les rois de l'Europe, les rois de l'Amérique, les rois du monde. Tout ça pour les épices. Tout ça pour la ravageuse religion de l'argent.

4. Jean II, dit le prince parfait, a régné de 1481 à 1495. Co-signataire, en 1494, du traité de Tordesillas, qui délimite le partage des territoires, dans l'Atlantique, entre l'Espagne et le Portugal.

– C'est pour ça que les Espagnols
ont envahi notre île Palilo ?

– C'est pour ça qu'ils ont brûlé nos parents ?

– Malheureusement, oui. Seulement pour ça, pour la passion des richesses, ils massacrent et pillent. Et nous ne leur obéissons que pour rester en vie. Pour avoir la paix. Même si c'est un semblant de paix. Nous sommes des Horans, ce qui veut dire, dans notre langue, des hommes vivants, tout simplement des hommes debout. Et les Horans savent faire semblant de prier sur les genoux en joignant les mains. Nous, Horans, nous sommes des résistants. Nous, Horans, ne croyons qu'aux dieux des eaux et du vent.
Magellan est triste à Lisbonne. Je sais qu'il pense à Malacca, à la mer, aux îles lointaines. Les Lisboètes nous regardent avec curiosité quand nous nous promenons. Mon kriss fait fureur ! Les Portugaises pavanent au bord du Tage, un grand fleuve qui s'étale, tel un lac, aux pieds de la ville tout en collines.
Tous les matins, Magellan me quitte pour étudier la géographie et les mouvements des étoiles. Le soir, il revient avec des livres, des rouleaux de papier, des instruments bizarres, des plans, des cartes.

– C'est quoi une carte ?

– C'est un dessin qui représente la forme d'une île, les contours des pays, les terres, les mers et même les étoiles du ciel. Une carte est indispensable pour se repérer sur les océans lointains. Et il y a beaucoup de mer, sur la Terre.

– Et beaucoup d'étoiles
dans le ciel !

– Oui. Magellan n'est pas bavard, mais ses mots résonnent dans ma tête :
« Tu sais, Henrique, j'aimais mon pays autrefois, le Portugal et son roi Jean. De longues années durant, j'ai servi dans la marine royale. Avec mon ami Francisco et des soldats courageux, nous avons conquis de nouvelles terres. Nous avons ouvert de nouvelles routes sur l'océan. Beaucoup sont morts. Tous ont souffert. Nous avons rapporté de l'or et des épices au roi Manuel. Les puissants de ce monde ne font pas grand-chose. Ils commandent. Ils exigent. Nous avons obéi. Nous les avons enrichis. Le roi Manuel fait construire des palais somptueux au bord du Tage. Regarde cet édifice au bord du fleuve : le roi fait construire un monastère à la

gloire de saint Jérôme. C'est ce qu'il fait croire. En fait, encore un palais rien que pour lui et ses amis. Les rois devenus riches sans bouger le petit doigt sont souvent ingrats. Ils oublient leurs guerriers. Ils méprisent leurs conquérants. Nous resterons toujours à leurs yeux les serviteurs de leur humeur primesautière.
Le roi Manuel me dédaigne. Il me fait savoir que ma solde de militaire combattant ne sera pas augmentée. Or j'ai besoin d'argent pour mener à bien mon projet: ouvrir une nouvelle voie vers les îles aux Épices et rejoindre mon ami Francisco à Ternate. Ainsi, je te raccompagnerai dans ton pays, direction soleil couchant. »

– Magellan est donc l'ange
qui va te guider vers Patoka, à la cascade ?

– Rien n'est moins sûr,
soupire Dolo à l'attention de Stombi.

– Troublé par les paroles de Magellan, j'entends à nouveau le jugement du chef Toka qui nous a bannis de la tribu avec mes amis: « Vous naviguerez soleil couchant et vous ne vous arrêterez qu'avec l'œil de la nuit, la lune de *Shrih Com'Bah* ! » Magellan me réplique sèchement: « Tes *Shrih Com' Bah* sont des sornettes de sorcières. Dans mon pays, on brûle les sorcières. Oublie tes vieilles croyances et découvre avec moi des mondes nouveaux ! »

– Les Portugais sont des barbares !
s'écrie Tambo.

– Chut ! Tu vas réveiller les Espagnols,
rappelle Stombi, d'un air sérieux.

– Il est tard. Magellan s'endort. Entre deux ronflements, il marmonne. Impossible de dormir. De mon hamac, je vois des petites lumières briller sur le Tage. Je ferme les yeux. Les yeux de Patoki apparaissent, beaux et plus scintillants que les feux des quais de Lisbonne.
Je reverrai Patoki et je ne rêverai pas ! Je reverrai Toti et découvrirai la lune noire de *Shrih Com' Bah* !
Et cette nuit-là, Magellan cesse soudain de ronfler. Il parle. Il parle tout en dormant. Henrique, le coffre ! Gare au coffre !
Je dois surveiller le coffre précieux. Il est fermé à clé. Il contient tous les secrets de Magellan.
Alors, Magellan parle, parle, parle. Il tremble. Il bégaye. Je ne comprends plus rien. Tout se mélange dans ma pauvre tête : épices, métal précieux, porcelaines, astrolabe, boussole, longitudes, latitudes, Ptolémée, Nicolas Copernic, cap à l'ouest, trouver le détroit… Balboa[5]… Balboa a vu l'autre océan !

---

5. Vasco de Balboa (1475-1519) : Conquistador espagnol. En 1513, il traverse l'isthme de l'actuel Panama et découvre la mer du Sud (le Pacifique).

Seuls ces mots restent. Tout s'emmêle. Ma tête tourne. La Terre tourne. Magellan se lève, ouvre le coffre blanc. Une boule de métal. Magellan la pose sur mes bras. Je suis paralysé. Je ne sens plus le poids de la boule Terre.

Magellan est bien éveillé. Son index trace des traits sur le globe.

« Henrique, sais-tu ce qu'est ce globe, le sais-tu ?

– Maître Magellan, je ne vois que vos deux globes écarquillés par un feu intérieur.

– Henrique, ce globe est le globe de Benhaim[6] ! Martin Benhaim me l'a donné avant de mourir en 1507. Regarde. Ici, Balboa a traversé l'Amérique à pied et a vu l'autre océan… Mais surtout là, dans cette région… Il y a un passage au sud. Ici. J'ai étudié les cartes, interrogé les astronomes, calculé les distances… Je suis prêt désormais. Au diable le roi Manuel !

– Ce roi Manuel ne comprend rien !

– L'avare ne pense qu'à conserver sa fortune,
affirme Stombi.

– Magellan reprend ses esprits et clame dans un calme surprenant : « Votre Majesté, le Magellan que vous avez connu n'est plus le même. Je vous ai servi tel un fils, avec loyauté et fidélité. Vous refusez de récompenser les bles-

6. Martin Benhaim (1459-Nuremberg/1507-Lisbonne), cosmographe allemand et navigateur pour le Portugal. Il conçut un des premiers globes terrestres de 50 cm de diamètre.

sures que j'ai subies en livrant bataille pour vous au Maroc. Croyez bien que je n'ai jamais trahi votre fille, la patrie portugaise, notre mère. Dommage pour elle, elle le méritait. Je vous ai tout donné. Vous me laissez désormais à mon destin. Je vous en remercie. Vous me libérez ? Je pars donc au diable. Merci. Je vais donc servir une cause plus grande et j'accomplirai mon projet fou d'ouvrir une voie nouvelle vers les îles aux Épices !
Voyez-vous cet homme ? Voyez-vous cet esclave que vous méprisez ? Il s'appelle Henrique, comme votre grand-père, le plus grand roi du Portugal, le prince des navigateurs. Cet esclave est mon ami. Il vient de l'est et je le conduirai dans son pays par l'ouest ! »

– Quelle audace de parler ainsi à son roi !

– Mais non, Magellan parlait à Henrique ! corrige Stombi.

– Oui. Le roi Manuel n'a jamais daigné recevoir en audience le capitaine Magellan. Mais Magellan, d'habitude si taciturne et laconique, a eu besoin, cette nuit-là, de vider son sac !
« Henrique, a-t-il conclu, eurêka ! Je vais proposer mon projet au jeune roi d'Espagne ! Les Espagnols ont financé l'Italien Christophe Colomb, ils devraient bien écouter un Portugais sans patrie ! Colomb a traversé l'Atlantique et découvert de nouvelles terres. Moi, Magellan, je vais

trouver le Passage qui mène aux îles aux Épices ! Oui, Henrique, mon destin est scellé. »

– Pauvre Magellan, soupire Tambo, il ne connaît pas la méchanceté des Espagnols.

– C'est bien vrai.

– Peu de temps après cette nuit mémorable, nous partons pour Séville. Nous n'appartenons plus à aucune nation, à aucun pays, à aucun drapeau, à aucun totem. Nous voilà exilés au pays de Charles Ier [7]. Le jeune roi d'Espagne est, de source sûre, avide de nouvelles conquêtes et il déteste le roi Manuel et toute sa fortune.

– Vite en Espagne !

– Nous irons en Espagne demain soir, conclut Dolo.

7. Le futur Charles Quint.

CHAPITRE

4

Un jeune roi

Où les deux amis échappèrent à un guet-apens et comment ils levèrent les voiles pour un long périple.

– Sous un soleil accablant, nous cheminons, poursuit Henrique. Le soir, nous dormons à la belle étoile. Les nuits sont froides. Pour m'endormir, je rêve à Patoki. Je m'engloutis dans ses yeux. La mer, Toti, l'eau, me manquent cruellement. Magellan ne pense qu'à naviguer à nouveau, plus loin, toujours plus loin. Là où nul n'a jamais osé s'aventurer.

« Quand j'étais jeune page avec mon ami Francisco Serrao à la cour du roi Jean, je suis tombé amoureux d'une jeune fille. Mais elle en aimait un autre. Elle ne m'a jamais regardé. C'est vrai, je suis petit et je suis laid. Alors j'ai appris l'art de naviguer et j'ai pris la mer. Je me

suis engagé dans la marine de guerre. J'ai commencé aux sabliers. Récitation, pause, sablier retourné. Je trace une croix sur un papier. Récitation, pause, sablier retourné. Ainsi de suite. On compte les heures. L'activité sur un bateau m'a empêché de penser à elle. L'action militaire m'a permis d'oublier. Mais quand je suis à terre, elle revient me hanter. Blessé, tu le sais, à mon retour de la guerre au Maroc, le boiteux que je suis a demandé la belle en mariage. Trop froidement sans doute. Je n'aime pas montrer mes sentiments. Elle a ri. Vivre dans les montagnes perdues du nord du Portugal ? C'est trop loin de la capitale, Lisbonne. Et puis, comment s'amuser avec un cagneux qui tangue sans cesse par monts et par flots ?
– Pourquoi me confiez-vous ce secret, Patron ?
– N'es-tu pas mon ami, Henrique ? »
Je n'ose pas lui parler de Patoki. Pas encore. Il est trop tôt. Le temps n'est pas venu. Je sens que je dois suivre Magellan, ma boussole, cap soleil couchant et rattraper la lune noire de *Shrih Com' Bah.*
« Le Portugal ne m'a jamais aimé, ne cessait de me répéter Magellan. Je montrerai à la Terre entière ce dont je suis capable ! Je serai le premier à ouvrir la voie par l'ouest. Je sais comment. Garde toujours le coffre, Henrique. Tout est dedans. Le perdre serait une catastrophe. Regarde ! Séville s'éclaire. Ah ! Voici la demeure de Diego Barbosa ! »

– Qui est Diego Barbosa ? interroge Tambo.

– Un ancien marin portugais, banni par le roi Manuel. Magellan le connaît. Ils ont navigué ensemble jusqu'aux Indes. Barbosa est devenu riche en Espagne. Béatrice, sa fille est très belle. Magellan tombe sous le charme. Il demande à Barbosa la permission de l'épouser. Barbosa connaît le génie de Magellan. Il est heureux à l'idée d'avoir Magellan comme gendre.

– Et Béatrice ? Elle est heureuse ? demande Stombi.

– Béatrice ne montre pas ses sentiments. Sa douceur, sa discrétion, son regard timide me donnent encore des frissons.

– Henrique, tu fais rougir Dolo !
ose Tambo.

– Dolo n'est pas jalouse, sourit Henrique.

– Moi, si on m'oblige à épouser quelqu'un,
je fugue au fond de la forêt !
prévient Stombi.

– Moi aussi. Je te suivrai !

– Allons les enfants, cette époque est finie.
Tout ça est de l'histoire ancienne,
pondère Dolo.

– Je n'ai jamais su si Béatrice aimait Magellan ou si elle obéissait à son père. Magellan avait beaucoup de tendresse pour elle. Diego Barbosa, commandeur de l'ordre de Santiago, connaît tous les grands d'Espagne.

– L'ordre de Santiago ?

– Le roi d'Espagne est le chef suprême d'une tribu de chevaliers. Ils se réunissent en secret et font le serment de servir Dieu. Leur signe de reconnaissance est une épée

rouge qui pointe vers le bas. C'est ainsi que Magellan obtient une audience auprès du jeune roi Charles.
Mars 1518. Valladolid, capitale des rois d'Espagne. Me voici avec le coffre de bois blanc, le globe de Benhaim sur les bras, dans le palais du jeune roi d'Espagne.
« Sire, la route portugaise des épices est connue. Elle va vers l'Orient et revient vers l'Occident. Je vous suggère d'ouvrir la route inverse : partir en direction du soleil couchant. Je connais le Passage au sud de l'Amérique. Je puis atteindre les Moluques, les îles aux Épices. Je puis conquérir pour votre couronne de nouveaux territoires. Je puis revenir par la même voie en restant en territoire espagnol, et éviter ainsi les territoires portugais. Le traité de Tordesillas de 1494 a donné le monde connu au Portugal et a fait sa richesse. Je puis offrir de nouvelles terres à l'Espagne. Le traité prévoit que Votre Altesse Charles a le droit de s'agrandir hors de la zone portugaise. L'océan occidental a été vu par Balboa. Je le sais de source sûre. Il suffit de trouver le Passage au sud et de naviguer quelques jours d'après les calculs du grand savant Ptolémée. Si Votre Majesté daigne me faire confiance, je puis accomplir cette mission en Votre Nom. La gloire de l'Espagne sera votre gloire ! »
Le roi Charles Ier se lève et caresse d'un doigt majestueux le globe de Benhaim. Le regard de Magellan brille et s'illumine. Je repose le globe dans le coffre blanc. Charles Ier

déclare: «Monsieur Magellan dirigera l'armada des Moluques. En mon nom, il partira vers le Ponant[8]. Il respectera le traité de Tordesillas. Il convertira les populations indigènes au christianisme et fera grandir mon Empire.»
L'Espagne donne son accord! Magellan est heureux. Il est nommé amiral, capitaine-général de la flotte espagnole, chef de l'escadre pour les Moluques, les îles aux Épices. Rarement, j'ai vu Magellan aussi, comment dire, radieux, oui, radieux, irradié de bonheur et de fierté.
Soudain, le jeune roi Charles se lève et fait un signe. Barbosa habille Magellan d'une tunique blanche ornée d'une épée rouge renversée.

– L'ordre de Santiago! comprend Tambo.

– L'ordre des Chevaliers! s'exclame Stombi.

– Oui. Lentement, Charles Ier extrait de son fourreau une longue épée. Il la dresse au-dessus de la tête de Magellan, pose son plat sur l'épaule droite, puis l'épaule gauche de mon ami. Lentement, l'épée revient au-dessus de la tête de Magellan et le jeune roi la maintient le temps de prononcer ces mots: «Par saint Jacques, je vous consacre chevalier de l'ordre. Vous ne direz à personne ce que vous venez de vivre. Le promettez-vous?»
Magellan promet.

8. Le Ponant désigne le soleil couchant, donc l'ouest.

« Vous portez-vous garant de votre serviteur Henrique, ici présent ?
– Oui. »
Le jeune roi conclut ainsi : « Partez à la conquête des îles aux Épices selon votre voie. Apportez de ma part un message de paix et de respect aux indigènes que vous rencontrerez. Telles sont mes volontés. »

– Un bon roi, ce Charles !
affirme Tambo.

– On ne peut pas dire la même chose
de ses successeurs ! Le bon roi Charles
n'aurait jamais envoyé des Conquistadors
massacrer des peuples comme les nôtres…
murmure Dolo, l'air sombre.

Henrique semble n'avoir pas entendu. Il poursuit son épopée, plongé dans ses souvenirs, concentré.
– Je vais vous raconter comment mon amitié avec Magellan fut définitivement scellée.
Nous sommes à Séville en septembre 1518. Tandis que Magellan compte les sacs de riz, de biscuits et de porc salé, pèse les pots de miel, vérifie le nombre de bougies et mesure les cordages, des hommes en armes, couteaux et arquebuses nous attaquent ! Aussitôt mon kriss s'agite à toute vitesse. La lame scintille. Les zigzags du rasoir

effraient les assaillants. Son tranchant lumineux provoque leur fuite. Magellan reprend son souffle.
«Je te dois encore la vie. Désormais tu es mon frère. Je renouvelle ma promesse: mon but atteint, tu seras libre. Je te coucherai sur mon testament.» Il se penche et ramasse une épée.
«Regarde, Henrique, une arme de fabrication portugaise. Mon propre pays m'a trahi à tout jamais. Je n'ai plus de regret.»

– C'est quoi, un testament?

– Un papier écrit, par lequel chacun décide comment il souhaite organiser sa vie après sa mort. Magellan souhaite, s'il meurt, me laisser sans doute un souvenir, un objet précieux ou…

– Le globe de Benhaim! coupe Stombi.

– Le coffre de bois blanc! s'écrie Tambo.

– Allons, Magellan n'est pas encore mort, pondère Dolo.

– Ici, ce n'est pas pareil, poursuit Tambo, le clan s'occupe de tout.

– Magellan me donnera par testament beaucoup plus: il me promet la liberté… Mais revenons à Séville.

Printemps 1519. Les préparatifs ont duré des dizaines de lunes. Magellan contrôle, vérifie, ne laisse rien au hasard. Biscuits, farine, pois, haricots secs, riz, lentilles, amandes, ail, raisins secs et du vin, beaucoup de vin, des barriques de vin. Le vin, viré, tourne au vinaigre. Et le vinaigre recèle une douzaine d'usages : assaisonner les salades, agrémenter les aliments, laver les vêtements, tuer les larves du bois, effacer les moisissures, chasser les mauvaises odeurs… Du sel aussi, en énorme quantité, car le sel conserve le poisson séché, comme la morue. Tout est prévu, jusqu'aux hosties.

– Les hosties ?

– En Europe, les gens ont des habitudes bizarres. Ils croient en un seul Dieu, vous le savez. Dieu est présent partout et ils ne le voient jamais. Ainsi croient-ils.

– Ainsi veulent-ils nous faire croire !
Pour nous, chaque arbre, chaque animal,
chaque être humain possède un seul esprit pour lui,
dit Tambo.

– Ça n'explique pas les hosties,
réplique Stombi.

– Dolo, tu peux sans doute poursuivre l'explication, le temps de me désaltérer un peu…

– En Europe, on se réunit souvent dans des églises. Les plus grandes sont des cathédrales. Là, les gens se mettent à genoux. Ils baissent les yeux devant un homme qui a les bras en croix, les pieds et les mains cloués dans le bois. Cet homme, si c'est un homme, sourit un peu, la tête penchée, coiffée d'une couronne d'épines. C'est le fils de Dieu. Il l'appelle le Christ. C'est pour ça qu'ils se disent chrétiens. À la fin de chaque cérémonie, ils mangent les hosties, des morceaux de pain, et boivent du vin. Ils disent :
« Le pain est le corps du Christ,
le vin est le sang du Christ. »

– Un jour, Dolo et moi, nous vous accompagnerons en bateau à la grande ville espagnole pour voir ces cérémonies étranges. En attendant, continuons à faire semblant de prier comme les chrétiens.

– Ils mangent leur Dieu ? Berk !

– Ils sont comme les sauvages de l'île de Pakalolo ! s'effraie Stombi.

– Le chef des chrétiens s'appelle le pape. Il est le papa de tous les papas, de toutes les mamans et de tous les enfants. Il est plus puissant que tous les rois.

– C'est comme un grand sorcier ?

– Oui. Et les Espagnols appellent leur petit sorcier : *Padre.*

– Un peu comme Padron ?
Pardon, comme Patron !
dit Tambo en riant.

– C'est d'ailleurs un *Padre,* un petit sorcier, un pape en miniature, qui célèbre le mariage de Béatrice et de Magellan. Béatrice vient de mettre au monde un bébé : le petit Rodrigue. Magellan ne verra pas grandir son fils. Magellan ne pense qu'à son expédition.

– Magellan préfère ses bateaux à son fils Rodrigue ?
s'étonne Stombi.

– Qui peut le dire ? Magellan aime son fils. Mon ami Magellan ne parle pas trop de sa famille. La vraie patrie de l'amiral est la mer. Et la mer est plus grande que la terre.

– Et la terre est plus grande que toutes les familles !
enchérit Tambo.

– Et Toti est la mère de la mer !
surenchérit Stombi.

– Les marins s'en vont toujours la mort dans l'âme. Un père peut aimer ses enfants et partir au loin vers l'inconnu. Ainsi, l'ami Magellan.

– Il y a tant d'enfants qui n'ont plus de parents,
soupire Tambo.

– Nous, nous avons Dolo et Henrique,
dit Stombi.

– Les enfants n'appartiennent à personne…
conclut Dolo.

– Dans les yeux sombres de Magellan, je devine souvent la nostalgie. Alors je suis triste à mon tour. Je ne reverrai jamais Patoki. Qu'est-elle devenue ? Où est-elle ? Que fait-elle ? Est-elle esclave ? En aime-t-elle un autre ? A-t-elle des enfants ? Est-elle mor… ? Je n'ose penser à un tel vide, immense et terrifiant. Alors, je croise mes jambes en tailleur et médite, imitant le vieux sage chinois Sannsé.
Le frère de Béatrice, Duarte, fils de Diego Barbosa, partira avec nous. Je vois bien qu'il ne m'aime pas trop. Envierait-il le garde du corps du capitaine-général ? Magellan le désigne officier responsable de l'entretien des cinq navires : la *Trinidad*, la *Concepción*, la *Victoria*, le *Santiago* et le *San Antonio*. C'est une grande responsabilité, mais Duarte aurait préféré commander un bateau. Certes, il n'aurait pas osé briguer les prérogatives du capitaine-général à la tête de la *Trinidad*, le navire-amiral. Mais il jalouse les quatre aristocrates espagnols, quatre petits favorisés, à la barre de quatre navires. L'orgueilleux

Carthagène, désigné vice-amiral par le roi Charles pour veiller aux intérêts de la couronne d'Espagne durant tout le voyage, commande le *San Antonio.* Il surveille Magellan de près ! Le vaniteux Quesada dirige la *Concepción.* L'arrogant Mendoza manœuvre la *Victoria.* Le brave Serrano pilote le *Santiago.* Duarte Barbosa imagine bien qu'il paie le prix d'être le beau-frère de Magellan et surtout que l'amiral ne peut pas tout décider. À terre, ce sont les grands d'Espagne qui règnent, ordonnent et influencent. Magellan lui-même doit accepter la volonté du roi Charles et de ses conseillers. « Je suis cerné par les Espagnols... me susurre-t-il, mais l'océan me connaît et je connais mieux les mers que ces nobliaux d'eau douce... »

– Magellan est pourtant
le grand patron de l'armada !
s'enthousiasme Tambo.

– Et quelle armada ! Magellan commande la *Trinidad,* la nef amirale, forte et maniable. Son équipage est le plus nombreux en hommes. En mer, la *Trinidad* sera le repère, le guide de l'expédition. Le *San Antonio,* fierté de Carthagène, est mieux armé. Puissant mais plus lourd, il est chargé en provisions et matériels. Suivent la *Concepción* et la *Victoria,* plutôt aisées à manœuvrer. Elles pourront être envoyées en exploration de haute mer. Le *Santiago,* plus petit et plus léger, est destiné aux missions de reconnaissance plus délicates dans les recoins les moins accessibles, anses et estuaires. Il devrait esquiver tout récif… Il devrait…

– Cinq bateaux, comme les cinq doigts d'une main, fait remarquer Stombi.

– Oui, mais d'une bien étrange manière : Magellan serait l'index qui donne la direction générale, Serrano représenterait le pouce de la confiance tant il admire Magellan, mais les trois autres doigts ressembleraient à des pinces de crabes prêtes à cisailler les élans du capitaine-général. Rien à voir avec une belle poignée de main amicale !
Il faut embaucher les marins. Pas facile de recruter plus de deux cents matelots. Des hommes de tous horizons se présentent : Espagnols, Portugais, Italiens, Français, Flamands, Allemands, Grecs, Anglais. Toute l'Europe est là ! Chacun est prêt à risquer sa vie pour courir l'aventure et faire fortune. Souvent, ils n'ont rien à perdre. Pas d'argent, pas de famille, pas de travail. Certains sortent de prison. Pour Magellan, rien ne compte que le courage. Mais comment estimer le courage ? Comment distinguer le cœur d'un homme au passé assassin, tout repenti soit-il ? C'est ainsi qu'un ancien bagnard basque est engagé comme officier de second rang : Sébastien Del Cano. Je me suis toujours demandé pourquoi il avait été recruté.

Son regard fourbe et chafouin, dès le premier jour, ne me dit rien qui vaille. Mais je n'ai pas voix au chapitre et je garde mes jugements par-devers moi, enfouis dans mes pensées secrètes. « N'oublie pas de te méfier ! » m'avait enseigné le vieux Chinois Sannsé avec sagesse.
Les navires sont vieux. Le roi Charles a donné son accord, mais pas sa fortune. Magellan organise les réparations et les remet à neuf. Retaper les caraques prend des lunes et des lunes. Reconstruire est la tâche principale durant de longs mois de labeur acharné. Duarte Barbosa engage un charpentier français : Richard Normand. Cinq morceaux de bois, quelques clous et hop ! Voici remise à neuf une vieille poulie ! Richard m'a appris à réparer les petites barques. Un artiste, ce Richard, un cœur en or. Fort, courageux et très habile. Avec son équipe d'apprentis, il scie et rabote, taille et ajuste, remplace et fixe les pièces trop usées. Les calfats croulent sous la besogne : leur mission est de rendre étanche la moindre pièce et toute coque. « Bouchez les trous ! Calfatez ! Calfatez ! » hurle souvent Richard dans sa belle langue. Et il donne l'exemple, et l'on apprend quelques mots de français, et il vérifie, plonge dans l'eau la pièce rapiécée, car il faut que l'eau glisse à sa surface durablement. Sans lui, sans son travail méticuleux, les caraques de l'armada des Moluques auraient sombré dans le Guadalquivir et n'auraient pu affronter le choc puissant des vagues de l'océan.

Peu avant l'appareillage, l'amiral me présente un jeune homme de mon âge. Très mince, presque maigre, il parle vite et beaucoup. Il parle une langue que je devine. Antonio Pigafetta est Italien. Il vient du pays du pape, le grand chef sorcier des chrétiens.
« Tu peux m'appeler Tonio, ami Henrique. Il paraît que tu viens de Malacca, en Malaisie ? Que tu as été engagé comme interprète ? L'amiral me dit que tu comprends beaucoup de langues. Que tu parles chinois, arabe et d'autres encore ? Dis-moi, sais-tu écrire aussi ?
– Non, je ne sais pas écrire, rétorquai-je. Je ne sais pas lire non plus. Je parle seulement la langue de mon pays, quelques mots de chinois et d'arabe, et le portugais qui ressemble beaucoup à l'espagnol.
– Je t'apprendrai, Henrique, je t'apprendrai à lire et à écrire. Si tu le souhaites, je t'apprendrai l'italien. L'amiral Magellan m'a engagé pour écrire l'histoire de son expédition. Il semble que nous partons chercher mille espèces d'épices dans ton pays ? La fortune ! La fortune et la gloire ! Ha, les îles Moluques, le paradis sur Terre ! *Mamma mia* ! »

– Il n'arrête pas de papoter ton Pigafetta !
dit Tambo.

– Oui, il ferait mieux d'écrire !
se moque Stombi.

– Allons, il faut lui laisser le temps,
dit Dolo.
D'abord vivre l'aventure,
ensuite la coucher sur le papier.

– Le 10 août 1519, nous quittons Séville. Les voiles fièrement gonflées poussent les nefs vers le port de Sanlucar et l'Atlantique. Je garderai toujours en mémoire ce vent tiède et régulier ; sa douceur n'a d'égale que la cascade de Patoka…
Nous descendons très lentement le Guadalquivir au son des canons. L'émotion rôde sur les ponts comme sur les berges. Au port de Sanlucar, une grande cérémonie chrétienne est célébrée. On chante et on s'agenouille. On se lève et on récite des prières incompréhensibles. La belle voix de Pigafetta emporte mon âme au ciel. Les navires sont bénis par les sorciers du pape pour nous porter chance. Les épouses des marins espagnols gémissent et sanglotent. Certaines hurlent à genoux, lancent des cris au ciel, agitent des mouchoirs blancs, papillons d'espoir. Un messager de Duarte Barbosa apporte une nouvelle heureuse et cruelle : Béatrice attend un second enfant de Magellan ! Le capitaine-général plie le papier en quatre et le cache, tel un talisman sous sa cuirasse. « Messieurs, levons l'ancre ! »
Nous appareillons enfin de Sanlucar le 20 septembre 1519. L'Atlantique s'ouvre. Nous laissons à tribord le cap Saint-

Vincent. L'amiral n'a pas quitté le pont. Campé sur le château arrière de la *Trinidad*, il voit s'éloigner, diminuer, disparaître la pointe dentelée et ocre du Finistère de son pays natal. Ses falaises majestueuses gravent à jamais la nostalgie au fond du cœur craquelé de Magellan. *Saudade*… murmure-t-il.

– *Saudade*? demande Tambo.

– La *saudade*, explique Dolo,
ne s'explique pas. C'est une grande tristesse,
un sentiment grand comme l'océan,
sans son et sans image. On le ressent quand on s'éloigne
pour longtemps de ce que l'on aime du fond de son âme.

CHAPITRE

5

Amérique

Comment l'expédition traversa l'Atlantique et pourquoi Magellan dut réprimer une rébellion.

– Je suis aux côtés de Magellan sur la *Trinidad*. « Trinidad », c'est « la Trinité ». L'addition de Dieu, de son fils et de l'Esprit. Le roi d'Espagne lui-même croit que la Trinité règne sur le monde entier. Nous aussi, nous avons notre Trinité. Elle est très simple. Nous avons Toti, l'eau. Nous avons aussi la terre. Nous avons l'air. Et par-dessus les trois, nous avons le feu !

– Trinidad, la nef de feu !
s'enflamme Tambo.

– En somme. Mais pour bien naviguer, ne convient-il pas de maîtriser l'eau, l'air et son embarcation, ce bout de terre flottant ?

Le capitaine-général, dans son habit noir, règne sur la mer. Le soleil se noie loin dans l'eau verte, de plus en plus sombre. Vert, comme les yeux de Patoki. À cet instant, je me retourne. L'eau, Toti, tout autour. De terre, plus. À cet instant, une certitude : je vais faire tout pour retrouver Patoki. Tout.

– Tu l'as toujours aimée ?
sourit Stombi.

– Oui, je crois bien. Oui. Plusieurs lunes passent. La lune de *Shrih Com' Bah* n'est toujours pas au rendez-vous. Magellan entraîne l'armada le plus au sud possible pour éviter les routes portugaises.
« Cap au sud ! »
Je profite du calme pour m'asseoir en tailleur et laisser les idées traverser mon esprit. Patoki, toujours Patoki. Les doutes reviennent. Se souvient-elle seulement de moi ? Elle a aimé Nontoka. Pas moi, Patokin. Bien sûr, je l'ai soignée. Mais elle a pu m'oublier.

– Personne ne peut t'oublier, Henrique.
Patoki, pas plus que quiconque,
dit gentiment Stombi.

– Malgré ses discussions savantes avec l'astronome de l'expédition, Andrés de San Martin, Magellan tombe dans le piège des trous d'air qu'il souhaitait éviter. Contre tous les avis, il maintient le cap vers le sud. Mais là-bas sont les courants et les souffles. Les eaux plates engendrent des idées noires. Les vagues sont vides de vent. Aucune ride à la surface. Les voiles tombent, telles les tentures d'un palais à l'abandon. Le désert de la mer désolée devient le seul horizon des matelots. L'inquiétude grandit. Les marins perplexes ruminent. L'amiral impose du travail à tout le monde. Aucun marin ne doit rester sans rien faire. De sourds sentiments de révolte rampent dans les soutes, s'infiltrent dans les tonneaux et se faufilent entre les mâts.

Les Espagnols ronchonnent, les rumeurs vont bon train :

« Pas de vent dans ces eaux !

– On nous occupe sans raison !

– Tout ça pour éviter les zones portugaises…

– Autant leur livrer bataille !

– Nous n'en ferons qu'une bouchée.

– Cet amiral est fou !

– Nous sommes allés trop au sud !

– Le cap n'est pas bon !

– Ce Portugais est un tyran furieux !

– Un traître à sa propre patrie…

– Nous allons nous abîmer corps et biens !

– Nous ne reverrons jamais l'Espagne !

– Les monstres marins vont nous dévorer ! »

– Des monstres marins ! se moque Tambo.

– Ces Européens ont de drôles de croyances !

– Le ciel s'assombrit. Une énorme tempête menace après la trop longue accalmie. Des vents tourbillonnants creusent l'océan de rides et de failles. Les vagues bataillent entre elles. La houle enfle. Chahutées et ballottées, les nefs grincent et gémissent. Ordre est donné d'abattre la voilure qui peut se déchirer sous le vent et les lames. Des marins s'attachent aux mâts pour ne pas être emportés par l'ouragan. Les pilotes s'accrochent à leur barre. Les bras des plus robustes ne résistent pas à la puissance de la tornade. Pourtant, les barreurs sont choisis parmi les plus musclés et les plus habiles… On croit mourir. On a peur. On désespère. Ce qu'on croit un coup de vent est un coup de tabac. Le grain grossit en tourmente. L'intempérie tutoie le chaos. Tout à coup, des flammes blanches jaillissent aux extrémités des bateaux. Elles grésillent en éclairs mais ne brûlent rien ! Tandis que les marins implorent la clémence des cieux, Magellan ne bouge pas un cil. Le capitaine-général sait bien de quoi il s'agit.
« Les feux de saint Elme, m'explique-t-il calmement. Saint Elme est le patron des marins, l'ange gardien protecteur de tous les matelots du monde. Dans la légende des chrétiens, Elme était un marin d'un grand sang-froid. Il continua à pêcher, bravant la foudre et la tempête. Mon cher Henrique, poursuit-il, ne crains pas ces bourgeons de

foudre. Ils aveuglent mais sont inoffensifs. Ce ne sont que de petites étoiles lumineuses qui scintillent au bout des mâts. Beaucoup d'étincelles impressionnantes mais pas de flammes ! Ces lueurs annoncent l'éclaircie du ciel. Dans quelques instants, Henrique, le doux souffle d'Éole va sécher les toiles et chasser les nuages : nous reprendrons notre navigation. »

– Il en sait des choses l'ami Magellan,
par saint Elme !

– Me voilà donc rassuré. Saint Elme veille.
Vents d'est ! Les cinq nefs progressent de conserve. Les voiles retrouvent leur superbe. La brise est régulière. Mais la terre d'Amérique se fait attendre. Les matelots s'impatientent. Les officiers espagnols complotent. On jase toujours dans les coursives étroites. Les marins ignorent que je comprends ce qu'ils disent. Ils ne se méfient pas de moi. Ils me dédaignent. Mais je n'en pense pas moins.

– Pas malins, ces marins !

– Le prétentieux Carthagène, capitaine de l'impressionnant *San Antonio*, va profiter du mécontentement pour humilier Magellan. Il ne hisse pas le drapeau du *San Antonio* en doublant le navire-amiral, la *Trinidad.* Magellan exige des excuses. Carthagène se moque : « Plutôt saluer un page ou un mousse ! » Magellan ne répond pas.

– Pourquoi donc ? demande Tambo.

– Magellan ne veut pas punir de mort Carthagène. Cela provoquerait une émeute des Espagnols. Deux mois seulement se sont écoulés depuis notre départ. Et le capitaine-général a besoin de chaque marin, de chaque officier, de chaque capitaine avant de toucher les côtes de l'Amérique. La moindre perte serait un handicap. Un homme en moins, tout malveillant soit-il, implique un ralentissement de l'expédition. Aussi Magellan ordonne-t-il la mise aux fers de l'aristocrate impertinent dans la soute de la *Victoria*, sous la garde de Mendoza qui, pour sauver sa peau, se plie à l'autorité de Magellan. Au carcan, Carthagène pourra ronger son arrogante jalousie. Le *San Antonio* est confié à un certain — comment s'appelait-il déjà ? — Coca, oui Coca, c'est bien ça. Coca ? Un officier sans grand caractère. L'escadre peut poursuivre sa route vers l'Amérique.
Magellan devra pourtant sévir en pleine mer. Mais je ne peux pas vous raconter cette tragédie, vous êtes encore si jeunes…

– Si Henrique, raconte ! réclame Stombi.

– Oui, continue, insiste Tambo.

– Crois-tu, Dolo ? Tambo et Stombi ont-ils l'âge d'entendre cela ?

– L'épisode italien sur la *Victoria*?
Ils ne sont pas aussi petits que tu le penses.
Shrih Com' Bah, c'est bientôt pour eux.
Tu peux, Henrique, tu peux.

– Si Dolo m'autorise, je continue. La rumeur court qu'un quartier-maître italien a été surpris curieusement accouplé à un mousse de même nationalité. Enquête est diligentée. Nul ne nie. Ni la victime, ni le coupable. La honte seule rôde. La sentence du capitaine-général est brève : le quartier-maître aura la tête tranchée par un volontaire, méconnaissable car déguisé pour la circonstance, afin de ne pas subir de représailles. Le bourreau aura double ration de vin. Magellan ne juge pas : il exécute seulement la loi.

– Et le mousse ?
Le jeune mousse a-t-il aussi été puni ?

– Les mains du pauvre mousse sont attachées dans son dos. Tendus à une longue corde, ses bras se retournent. On appelle ça l'épreuve du *strappado*. Il est plongé plusieurs fois dans la mer. Chaque fois qu'il sort de l'eau, il reçoit trois coups de fouet cinglant. Le mousse est souple. Il endurera la terrible torture sans trop de séquelles. Tout le long du voyage, il est affublé du sobriquet de tête-bêche. Tête par-ci, bêche par-là. Sans cesse assigné aux basses besognes, à briquer le pont à quatre pattes, sous les quolibets scabreux des hommes de mer.

– Quelle horreur !

– On se croirait à Pakalolo…

– Ces chrétiens sont des barbares !

– Mais les Espagnols et les Portugais feront bien pire. Comprenez bien : Magellan ne condamne pas à mort pour le plaisir. Qu'il soit officier ou matelot, chacun doit obéir aux ordres. Voici une autre coutume que j'ai trouvée très cruelle. La mise à mort d'un condamné est suivie de l'écartèlement en public du cadavre ! On arrache les membres du mort. Le bruit des os craquant et des muscles déchirés blesse les oreilles les plus sourdes.

– Tuer une deuxième fois un mort ?
Quelle idée saugrenue ! s'insurge Stomi.
Les morts ne sentent rien !

– Oui, mais la peur d'être un jour à la place de leur camarade cadavre rend les marins dociles. Les hommes préfèrent travailler dur, m'explique Pigafetta. Ils réparent les voiles déchirées, les sabords endommagés, les cordages usés. Ils grattent les cordes, enlèvent les algues. Ils clouent et martèlent. Ainsi, ils ne pensent pas à la mort. »

– Et l'Amérique, c'est comment l'Amérique ? demande Tambo.

– Nous avons touché le Brésil en décembre 1519. Nous ne pouvons pas stationner trop longtemps dans la baie de Rio de Janeiro : nous sommes en zone portugaise ! Magellan rappelle aux officiers le traité de Tordesillas. Nous pouvons accoster, mais n'avons pas le droit de nous installer. Ce serait déclencher une guerre entre l'Espagne et le

Portugal. En outre, Magellan écoute attentivement Andrés de San Martin, qui a déjà participé à une exploration du Brésil. L'astronome conseille de ne pas s'attarder. Il ignore combien de temps dure l'hiver sous ses latitudes. Pour ces deux motifs, mieux vaut ne pas traîner. Juste le temps de faire l'aiguade : ravitailler les navires et remplir d'eau douce tous les tonneaux. Juste le temps pour les marins de profiter un peu de la terre ferme. Juste le temps d'échanger quelques bibelots avec les Brésiliens. Mais surtout : interdit de toucher aux Brésiliennes ! Le moindre écart serait sévèrement puni. Pas facile pour les marins de résister à ces femmes si légèrement vêtues. Difficile de fermer les yeux à leurs sourires charmants. Ardu de s'enhardir du côté du devoir quand le plaisir délicat est en vue. Duarte Barbosa, terre à terre, tarde à rejoindre son poste. Profite-t-il de son lien de parenté avec le capitaine-général ? Il prétexte un mal de mer. « Terrien je suis, terrien je reste, je n'y peux rien ! » clame-t-il pour sc dédouaner. L'amiral ne l'entend pas de cette oreille : « Terrien ! Terrien ? Ma flotte ne comprend pas de terriens. Le roi Charles ne m'a confié que des marins ! Crois-tu que ton père, par saint Jacques, serait fier de toi, Diego le terrien ? Tu ne manques pas d'air. Tu as enfreint la règle. Et la loi de la mer est la même pour tous. Que l'on mette aux fers le frère de ma femme Béatrice, l'oncle de mon fils Philippe ! Et… Et que l'on hisse les voiles ! »

Par saint Elme ! Par saint Jacques ! Nous suivons désormais la côte. Elle défile doucement sur notre droite. Nous descendons, et les courants nous éloignent du rivage. Magellan donne les ordres. Les pilotes manœuvrent, les matelots exécutent, les mousses briquent, les canonniers astiquent. Andrés de San Martin observe et calcule. Pigafetta papote et rédige le journal de bord. Magellan veille au grain et règne sur l'escadre.

– Et Henrique médite et fait son Bouddha,
murmure Dolo.

– Et voguent les navires !

– Hélas, les douces chaleurs deviennent de lointains souvenirs. Nous passons inexorablement d'un climat clément à des fraîcheurs tenaces. Et j'ai beau méditer, assis en tailleur dès que je le puis, la froideur traverse mon âme piquée par les fléchettes d'une pluie oblique. On veut qu'elle cesse. Elle revient toujours. Des cuirs détrempés dégouline la nostalgie d'une oasis hospitalière. Ô Patoka ! Ô ma chaude cascade !
Mais plus il fait froid, moins le temps passe vite. La glace fige les corps et ramollit les esprits. On souffle dans ses doigts. Le réchauffement est bref. Chaque baie est explorée à la recherche d'un passage. Le mécontentement couve. Tous les golfes que nous explorons ne révèlent que les larges

estuaires du fleuve. L'eau saumâtre puis douce le prouve. Magellan décide de stationner dans la grande rade poissonneuse de San Jullian[9]. Le temps que le soleil revienne. Mais le brouillard persiste et le froid plombe les équipages.

– C'est comment le froid glacial ?

– C'est une nuit où il fait plus froid que froid.
À terre, Richard Normand, assisté de deux mousses costauds, volontaires et gaillards, construit des huttes en un clin d'œil. Les matelots dorment par deux ou trois pour se réchauffer. Le vent augmente le froid. Les feux éclairent mais leurs flammes ne chauffent pas. On chante parfois pour se réconforter, mais le cœur n'y est pas. J'entends souvent des pleurs la nuit. Un matin, un cri. Un marin ne s'est pas réveillé. Un jeune matelot grec est mort de froid. Magellan ordonne une cérémonie. On creuse un trou. On pose le mort dans la fosse. On recouvre de terre. On plante une croix. Pigafetta chante doucement une prière.

– Vous restez longtemps dans cette grande baie ?

– Plusieurs mois. La première moitié de l'an 1520. Magellan suit les avis de l'astronome Andrés de San Martin…

9. La baie de San Jullian se trouve à 2 000 km au sud de Buenos Aires dans l'actuelle Argentine.

Faut-il attendre un soleil qui ne vient pas ? Heureusement, les hommes pêchent et mangent convenablement. Et de toute façon, le vent est trop fort pour la navigation. On dirait qu'il empêche les arbres de pousser. Le désespoir ronge les marins. On gèle. On doute. Le temps s'est arrêté. Les ombres de la mort rôdent.

Transi, Magellan m'invite sur le pont :

« Je doute, Henrique. Je redoute de ne pas trouver le Passage. Mais quelle humiliation de retourner en Espagne sans l'avoir trouvé. Si nous allons plus bas, nous risquons tous de mourir de froid. Nous devons passer l'hiver dans cette baie généreuse en fritures. Oui, il faut patienter. Oui, il faut continuer. »

Soudain, nous n'avons plus le temps de deviser. Nous sommes cernés ! Trois navires bloquent l'entrée de la baie. Quesada a trahi ! Il a libéré Carthagène de ses chaînes. L'hypocrite Mendoza a réveillé la haine contenue de son équipage. Avec la complicité du fourbe Sébastian Del Cano, ils ont fomenté une rébellion. Les Espagnols ont assassiné lâchement un officier portugais ! Pour sûr, ils veulent attiser les braises de la détestation entre Espagnols et Portugais. Les insurgés touchent et blessent Magellan au cœur. Les mutins ont l'avantage du nombre. Le *San Antonio*, la *Concepción* et la *Victoria* contre la *Trinidad* et le *Santiago*. Magellan compte ses troupes et réunit ses fidèles. Jean Serrano, le brave com-

mandant du *Santiago*, lui renouvelle allégeance. « Serrano, ami fidèle, lance Magellan dégainant son épée, par la Sainte Trinité, je t'élève *illico* chevalier de l'ordre de saint Jacques ! »
Des pourparlers sont menés. Des émissaires font la navette sur les flots glacés. Les Espagnols veulent faire route arrière. Carthagène promet la vie sauve à Magellan s'il se rend et le suit dans un retour immédiat vers l'Espagne. « Magellan n'est qu'un fol incompétent », clame-t-il. L'amiral médite. Son passé de guerrier lui dicte l'emploi de la force. Serrano, soudain stratège, suggère un recours à la ruse. Livrer une bataille frontale nous conduirait à la catastrophe. Serrano propose de jouer sur l'effet de surprise d'un petit groupe déterminé à en découdre. Le capitaine-général opine du bonnet et se rallie au plan commando de Serrano. Magellan me désigne : « Henrique, explique-t-il, tu n'as pas droit à l'échec. Choisis quatre robustes matelots. Des amis du charpentier français de préférence. Mais surtout pas d'Espagnols ! »
La nuit tombe. L'idée est simple. Mes acolytes et moi sommes débarqués à terre grâce à un esquif discret. Chacun est affublé d'une petite planche creuse et légère. Chacun se dote de deux ou trois couteaux silencieux. Je vérifie mon kriss. Son fil est fiable, sa pointe aiguë. De rocher en rocher, nous parvenons au bout de la rade. De ce côté, pas de vigilance des Espagnols. Allongés sur

nos planches, les vagues nous poussent vers les bateaux mutins. C'est décidé, j'attaque le premier. Les autres suivront.

Mon kriss ne brillera pas sous la lune. Une brume propice étire ses filaments dans la pénombre. Les rebelles ne verront rien. Sans bruit, couvert par mes compères, je parviens en zigzag à la hauteur de Carthagène. Mon kriss le pique au cou et l'oblige à se rendre. L'Espagnol n'ose plus remuer. Son orgueil se dilue sous la lame. Dans le froid, tremblant d'effroi, Carthagène ordonne à ses comparses de rendre les armes. Quesada se résigne. Mendoza résiste. Richard Normand lui tranche la gorge. Dans un coin d'ombre, je vois le sombre Del Cano qui fulmine. Le *San Antonio*, la *Concepción* et la *Victoria* rejoignent lentement la nef amirale et le léger *Santiago*, dans une aurore blafarde.

Quelques mises à mort sont froidement prononcées. On pend des matelots. On répand leurs corps en morceaux. On coupera la tête des traîtres, nobles ou vils. En attendant, Carthagène et ses sbires retournent aux fers. Magellan laisse la vie sauve à beaucoup d'Espagnols rebelles. Del Cano est épargné. Pas par pitié. Magellan a besoin d'officiers afin de poursuivre l'expédition. Et le Basque est un pilote aguerri.

– Vous quittez enfin la baie de San Jullian ?

– Oui, mais nous progressons à pas de fourmis. Les explorations d'estuaires n'en finissent pas. On espère un canal et on ne trouve que l'eau douce des fleuves trompeurs. Un jour de forte houle, un marin canonnier qui briquait son arme se penche dangereusement du mauvais côté et tombe à l'eau. Un homme à la mer ! Un homme à la mer ! On crie, on s'affole, on crie encore. Magellan ne peut mettre en panne l'escadre, le vent est trop fort. Pigafetta verse une larme. Le capitaine-général s'approche de moi et chuchote : « Merci Henrique, merci de m'avoir appris à nager. » Un coup de canon est ordonné en hommage au disparu. L'expédition, triste, trace sa route à travers des nuages bas. Le *Santiago* est envoyé en exploration. L'expédition est risquée. Froid. Récifs. Bourrasques. Voici tous les ingrédients réunis pour donner une leçon à Barbosa. L'amiral sort donc son beau-frère désobéissant des fers et le désigne pour assister le fidèle Jean Serrano. « Par saint Jacques et la gloire de mon père, grand maître de l'ordre de Santiago, merci capitaine-général, merci de m'offrir cet honneur ! » s'enflamme Barbosa, soudain plein de zèle.

Et sans attendre le retour du *Santiago*, l'escadre, réduite à quatre nefs, continue son cabotage vers le sud. Les matelots obéissent sans ardeur. Le courage a disparu de leur cœur. Reverrai-je mon pays, Patoki, la cascade ? Je revois mes combats, ma vie d'esclave chez le sultan Mahmoud.

Magellan ne dit plus rien. Il donne toujours des ordres. Résignés, nous exécutons en silence, comme si le froid et l'incertitude avaient aboli toute parole.
Mai 1520. Tandis que la triste flottille frôle dangereusement un récif escarpé, j'entends soudain des cris de plus en plus distincts en espagnol : *Holà ! Holà ! Holà !* Le capitaine-général dépêche une barque vers le rivage. Barbosa, Serrano et les marins s'effondrent d'épuisement sur le pont de la *Trinidad.* Serrano est muet de honte. Il a échoué dans sa mission. Barbosa balbutie : « C'est... c'est pas ma faute... c'est... »
Magellan coupe net : « Barbosa, tu viens de te trahir, par saint Jacques ! Tu n'es pas digne du navire-amiral. Que faire d'un beau-frère pareil ? Ni les fers, ni la mer ne te méritent. Duarte Barbosa, tu n'es bon qu'à surveiller les pages et à vérifier les sabliers ! Tu prendras désormais ton quart d'officier subalterne sur la *Victoria.* Puisse-t-elle te porter chance. »
Le chevalier Serrano prend ses responsabilités : « Capitaine-général, Barbosa n'y est pour rien. Une lame inopinée a fracassé le *Santiago* sur un récif plus tranchant qu'un sabre. Nous n'avons pu sauver que quelques tonneaux de provisions...
– Et que faisait Barbosa ? questionne Magellan.
– Il pleurait de peur, répond Serrano.
– Répandait-il seulement des larmes ? poursuit l'amiral.

– Je n'ai rien vérifié. Seul Barbosa le sait, précise Serrano.
– Oui. Lui seul le sait et son pantalon, conclut Magellan pince-sans-rire. »

– Et Carthagène ?
demande soudain Tambo.

– Carthagène est abandonné sur une terre désertique. Eu égard à son statut de vice-amiral, Magellan ne peut le condamner à mort, mais il tient à lui donner une leçon d'humilité dans la nature aride. Le capitaine-général respecte ainsi les lois espagnoles, mais use de son pouvoir de justice sur l'expédition. Personne ne saura jamais s'il est mort de froid, de faim, de soif ou de désespoir. Peut-être a-t-il survécu ?

– Et Quesada ? demande Stombi.

– Magellan estime que la responsabilité de Quesada est totale. La *Concepción* est confiée à Jean Serrano. Une semaine après la mutinerie de San Jullian, la sentence est tombée et la tête du traître avec, sous le couperet de la justice de l'amiral. Quesada est décapité. Mais pourquoi Magellan désigne-t-il comme bourreau le serviteur personnel de Quesada ? À quoi bon pareille cruauté ? Pour l'exemple ? Pour éradiquer toute nouvelle ardeur de révolte ? Sans doute. Qu'aurais-je fait à sa place, moi, serviteur et ami de Magellan ? Aurais-je obéi pour survivre ?

Aurais-je sacrifié ma vie pour m'épargner la mise à mort de mon maître ?

La tête de Tambo tombe de fatigue.

Le regard de Stombi se perd dans le feu qui faiblit.

Un ange passe.

Dolo chuchote :
– En voilà des questions.
De quoi occuper toute une nuit de songes.

CHAPITRE

6

Le Passage

Où l'on parle de la Patagonie et de l'agonie de Paul, des sardines et du céleri salvateurs.

– Nous voici donc partis depuis plus d'un an. Nous sommes le 11 octobre 1520 et le ciel s'éclaircit. Andrés de San Martin, notre savant astronome, appelle Pigafetta et Magellan sur le château arrière de la *Trinidad.* Son doigt pointe le soleil. « D'après mes calculs, la lune va passer exactement entre le soleil et la Terre. Le ciel va s'assombrir. Le soleil va s'éclipser. » Tandis que nous observons la prédiction se réaliser, la voix de Toka, le chef sévère de Patoka, glisse soudain à mes oreilles : « Et vous ne pourrez vous arrêter que lorsque vous verrez à nouveau l'œil de la nuit, la lune de *Shrih Com' Bah...* » La nuit en plein jour ! Sacré Andrés de San Martin ! Ce savant est capable de

faire des prévisions justes ! Oserai-je un jour lui demander quand je retrouverai Patoki ? Je viens de voir l'œil de la nuit. Mais cet œil n'est pas le bon œil. Et ce jour n'est pas encore le bon jour.

« Au diable tes distractions astronomiques, lance Magellan à San Martin, ne peux-tu pas plutôt pointer mon Passage sur ce portulan[10] ? » À quoi rétorque l'astronome : « Sire amiral, si votre Passage était au ciel, il y a belle lurette que j'aurais mis votre doigt sur ma carte céleste ! » Magellan tourne les talons. Sa seule préoccupation : trouver le Passage.

Nous descendons plus bas, toujours plus bas, dans plus de froid, vers plus de gris. À tribord, la côte. Des rochers tranchants. Des récifs périlleux. La brume nous enveloppe. Un cri perce dans le brouillard : « Le *Santiago* ! »

Triste *Santiago*. Sa carcasse délabrée ne veut pas couler. Tous les marins, en signe de respect, se tiennent debout, le cœur gros. Ils sont hypnotisés par les ruines de la caraque dévastée, ses bois flottants, ses cordages entrelacés, ses voiles déchirées, ses mâts brisés, sa fierté naufragée. Magellan fait donner du canon. Ultime hommage est rendu à l'épave balayée par le vent et l'écume glacée.

– Sinistre vision !

10. Carte maritime enluminée (voir p. 178-179).

– Quelle désolation !

– « Nous habitons tous sur des îles. Un bateau est l'île du matelot. Un navire est un morceau de terre arraché à la terre. Sur une nef, un marin demeure à terre. Alors, voir le cadavre de sa maison démontée et décomposée, c'est devenir orphelin. Une embarcation perdue, c'est une mère qui meurt. Elle vous a porté, aimé, aidé. Elle disparaît. Vous boitez jusqu'à la fin de votre vie. L'âme du marin sombre alors dans un vide sans fin. » Ainsi parlait Magellan.

– Que t'arrive-t-il Henrique ?

– Tu as l'air si fatigué soudain.

– Oui. L'image de la carcasse du *Santiago* m'épuise toujours. Pour les marins, c'est la vengeance de la mer. Un naufrage est aussi un mauvais présage. Nous sommes peut-être allés trop loin. De nouveaux morts et de futures pertes nous attendent. Rien de bon pour l'avenir. Laissons passer cette image comme une bulle à la surface de l'eau.

– Henrique s'est assoupi ?

– Non, il médite.

– Dolo, nous trépignons d'impatience,
peux-tu poursuivre l'histoire ?
insiste Stombi.

– Oui. Cet épisode de l'histoire,
je l'ai entendu tellement de fois
que je peux continuer à sa place un moment.
Après la sinistre vision du *Santiago* démembré
et englouti, la *Trinidad*, la *Victoria*, la *Concepción*
et le *San Antonio* poursuivent le long de la côte,
toujours plus au sud, contre des courants inconnus
et imprévisibles. Un jour que l'escadre approche
au plus près de la terre, une vigie s'écrie :
« Un homme ! Des hommes ! Des femmes ! »
Des canonniers reprennent en riant :
« Des femmes ? Des femmes ? »
Des hommes, des géants, plus hauts que les plus grands !
Une rade. Les ancres sont jetées. Des chaloupes
larguées. L'équipage va pouvoir manger à sa faim
et boire du vin pour célébrer l'événement. Ces échalas
aux grandes pattes, Magellan les appelle les Patagons.
Les femmes, *a contrario*, sont petites et grosses.
Avec un collier de perles de verre, les Espagnols attirent
un Patagon sur le pont de la *Victoria*.
Il est grand et fort, il fera un bon esclave à bord.
Émerveillé, le géant touche tout ce qu'il voit :
les mâts, les voiles, les cordes, les tonneaux, les canons.
Il lève les bras au ciel, il doit invoquer ses dieux.
Aussitôt, des marins s'emparent de lui et mettent
des fers à ses pieds. Surpris, il se débat comme un démon.

Le voilà prisonnier ! Il crie : « *Setebos* ! *Setebos* ! »
Henrique prend le Patagon en pitié. Il lui apporte à manger au fond de la cale. Il se souvient de la bonté du vieux sage chinois, Sannsé. À son tour de tendre la main. Ils parlent par gestes et signes. Les mots viennent un peu.
« *Setebos*, c'est le diable ! » suggère Pigafetta qui a participé à la palabre incompréhensible.
Alors Magellan le baptise Paul,
Paul le grand diable.
Tu es réveillé Henrique ?

– Patoki ? J'entends ta voix.

– Patoki ? s'étonne Tambo.

– Il entend la voix de Patoki ! sourit Stombi.

– Allons les enfants, laissons Henrique continuer.
Il parlait dans son rêve. Cela lui arrive souvent.
Ne vous inquiétez pas, dit Dolo.

– Oh, pardonnez-moi les enfants, oui, oui, je rêvais. Où en étions-nous ? Oui. Il fait froid. Magellan me voit trembler. Des paillettes de glace blanchissent sa barbe noire. Un signe de sa main. Je le suis. Il m'offre un manteau de peau pour me tenir chaud. Les quatre caraques descendent, descendent lentement au gré de vents favorables. Vers le sud, toujours plus au sud. Mais les vents puissants nous poussent sans cesse loin des côtes.
« Je dois faire tout pour, chuchote Magellan, je ferai tout pour atteindre mon but. »
Une baie, une rade. Non, l'eau douce indique toujours l'estuaire d'un fleuve. On reprend la mer. Nous allons trop à gauche. On ne voit plus les côtes. Les nuages épais. Le froid. Le vent. Le gel. Les caraques craquent. Côte en vue. Toujours la même, semble-t-il. Une nouvelle baie. On jette les ancres. Une chaloupe est lancée en exploration. On rame. On revient. Encore de l'eau douce. C'est l'embouchure d'un fleuve. Rien qu'un fleuve. Toujours plus bas. Plus bas. Le temps s'adoucit à peine. Un détroit ?

Et toujours l'eau douce du désespoir. Au moins pouvons-nous boire. On pêche. On mange. On repart. Plus bas. Toujours plus bas. On descend vers l'inconnu.
21 octobre 1520. Après un immense rocher, un passage étroit débouche sur un golfe majestueux. Des eaux grises, presque noires. Au loin, le soleil couchant et des montagnes coiffées de blanc. Mais nous n'avons pas le temps de contempler la majesté du paysage. Un nuage épais nous enveloppe. Nous perdons de vue les autres navires. Magellan décide d'immobiliser la *Trinidad.* Nous restons au mouillage. Un ouragan nous secoue plusieurs jours durant. Vents glacés en rafales. Grêle. Tourbillons de flocons. On abat la voilure. On se calfeutre comme on peut. Nous grelottons dans nos habits humides. Il faut tenir. Chacun s'emmitoufle comme il peut. On bouge pour se réchauffer. On sautille. On gigote. Au bal de l'enfer du froid, nul ne pipe mot.

– Par saint Elme ! s'exclame Tambo.

– Par le saint patron des marins ! enchérit Stombi.

– Puis, un grand calme plat. Nous nous croyons perdus. Magellan patiente. Il attend que la brume s'estompe. Aurions-nous perdu trois bateaux ? L'interrogation plane dans un silence que seul déchire le cri d'un oiseau blanc aux ailes de géant.

Trois coups de canon répondent à cette question. Au soulagement succèdent des cris de joie : « Nefs en vue ! » Puis, plus distinctement : « L'eau est salée ! L'eau est salée ! »
L'espoir se lève avec la brume. Il y a peut-être un passage à cet endroit.
Les quatre nefs progressent lentement dans le chenal. Un quartier-maître à la poupe sonde la profondeur de l'eau. Pas question d'échouer sur un haut-fond.
Les marées montrent que le Passage commence sans doute ici. Nous avançons. La baie se rétrécit. Les navires touchent parfois dangereusement le fond. Détroit ? Passage ? Des méandres plutôt. Des bras, des tentacules de mers de tous côtés. Quelle voie choisir ? Magellan prend le chenal le plus étroit !

– Coup de chance ? Coup de génie ?

Les glaces tombent des collines. L'écume des vagues fouette les flancs des nefs qui crissent. Le canal de tous les saints s'ouvre bientôt sur une baie à perte de vue. Au nord, la nuit. Au sud, des feux clignotent dans le noir. Un matelot s'exclame : « La terre brûle ! » Un autre : « La terre brille ! » Un dernier reprend : « La terre de feu ! »
De grands oiseaux blancs traversent le gris du ciel en criant. Magellan fait vérifier régulièrement l'eau : elle est toujours salée ! Des fanons de baleines sont trouvés sur un rivage : c'est le signe de leur passage, du Passage ! Des îles parsè-

ment la grande baie. Des patrouilleurs reviennent d'exploration : rien que des rochers enneigés. Pas âme qui vive cependant. Au loin, là-haut, toujours ces feux dans la nuit, ces étoiles tombées d'un ciel sombre qui irradient, tels des anges gardiens. Sans doute des éclairs…

– Par saint Elme ! Par saint Elme !
martèle Tambo.

– Paul le Patagon mange tout ce qu'il trouve. Je l'aperçois un matin en sueur, malgré le grand froid. Pigafetta l'interroge :
« Que t'arrive-t-il mon grand Paul ?
– J'ai avalé une souris.
– En entier ?
– Oui tout.
– Avec la tête, les poils, la queue ?
– Oui, les pattes, les dents, les yeux !
– Les pattes, les dents, les yeux ?
– Oui, la souris bouge dans mon ventre.
Je pose ma main sur son abdomen. La souris est un gros rat !
– Qu'as-tu donc gobé malheureux ?
– D'habitude, ça passe…
Pigafetta se penche vers lui :
– Mais il faut mâcher mon garçon ! Mâcher, mastiquer, croquer, broyer !

– Berk ! C'est dégoûtant,
grimace Stombi.

– Pas plus qu'un cobra !
assure Tambo.

– Paul le Patagon me supplie. Il souffre cruellement. Ses prunelles exorbitées dardent sur mon kriss. Je comprends. Il veut en finir. Je demande à Pigafetta s'il veut bien m'assister. L'Italien, en train de souffler dans ses doigts, se défile. « Moi ? Henrique, tu n'y penses pas. Mon travail consiste à tenir la plume, non à assister les mourants. Je suis si sensible que je ne puis écraser une mouche à l'agonie. Qu'en pense Richard Normand ? » Le Français a entendu notre conversation. « C'est d'accord, Henrique. Compte sur moi. » La nuit venue, je soulage Paul pour l'éternité. Il n'a poussé qu'un cri. La mort dans l'âme, nous jetons son corps dans l'eau noire du détroit glacé. « Tu l'aimais bien ton Patagon », soupire Richard. « Oui, je l'aimais bien, ai-je murmuré, Paul était un homme très courageux. » Magellan nous rejoint : « Son courage doit être le nôtre désormais. »
Cette nuit-là, nous n'avons pas dormi. J'ai regardé les étoiles. Des poussières d'astres brillaient sur les flots sombres. Et je me suis perdu dans le labyrinthe du ciel.

– Un labyrinthe, c'est comme une forêt inconnue ?

– Oui, c'est un bois de bambous traversé par plusieurs chemins possibles. Cela ressemble aussi à du corail, à des récifs irréguliers, plantés au hasard.
Magellan connaît les eaux, les forêts et les montagnes. Il sent les vents. Il sait les chemins. Sa jambe boite mais ses yeux devinent sur les cartes le moindre point. Ses compas et astrolabes calculent toujours la direction juste. Il sait bien que les lignes droites sont plus terribles que les labyrinthes. Il sait zigzaguer par vent debout. Il sait louvoyer.
« Cap à l'ouest ! »
Magellan envoie le *San Antonio* et la *Concepción* au sud. On ne sait jamais. La *Trinidad* et la *Victoria* ont jeté l'ancre à l'embouchure d'un fleuve miraculeux. Près des rives, du cresson et du céleri à volonté ! Chance, des milliers de sardines frétillent ! Nous dressons un campement sur la terre ferme. Les hommes d'équipage se régalent de sardines grillées. Magellan ordonne de faire provision de céleri sauvage qui sera conservé dans du sel et baptise le lieu : la baie des Sardines.

– Il était temps !
Tout le monde serait mort de faim et de froid !

– Je reste souvent à l'écart des marins. Parfois Pigafetta me fait un peu de lecture. Quand il écrit le journal de l'expédition, il ne dit pas tout. L'Italien a une fâcheuse tendance à enjoliver, à enrober, à camoufler.

– Et toi, tu nous dis tout ? demande Stombi.

– Tout ce qui revient à ma mémoire. Et tout ne revient jamais complètement. Toujours par morceaux, par bribes. Heureusement que vous êtes là, vous, jeunes amis. Et heureusement que Dolo est là aussi pour rafraîchir mes souvenirs.

– À propos,
suggère Dolo interpellée,
n'oublierais-tu pas, cher Henrique,
les poissons à plumes et les loups de mer ?

– Mais bien sûr ! Sur les rivages de cette baie poissonneuse croassent des oiseaux qui ne sont pas des corbeaux. Ces drôles d'animaux pataudss ne volent pas. Gros et gras, ils marchent ! Oui, ils se tiennent debout sur leurs grandes pattes palmées et se dandinent en famille. Ils se laissent aisément approcher. De loin, on voit un pelage ras et court. De près, on constate des milliers de petites plumes très serrées. Ces animaux noirs arborent un gros ventre blanc, qui fait écho à leur col. Ils battent des ailes sans jamais s'envoler. Ils hochent la tête. Gauche, droite. Ils hochent du bec.

– Mais pourquoi poissons à plumes ?

– Tout simplement parce que ces espèces de plaisants canards, si gauches sur terre ferme, plongent et nagent fort bien. Ces habiles pêcheurs rapportent de la frétillante friture aux mères manchotes. Elles la régurgitent plus tard sous forme de bouillie dans les becs des oisillons qui pépient. À peine rapportons-nous ces observations curieuses à Magellan qu'il ordonne aussitôt à deux cuisiniers d'écorcher quelques manchots et de les faire bouillir. L'équipage vorace engloutira la viande fraîche de la grasse volaille sympathique.

– Il faut bien manger pour vivre,
soupire Tambo.

– Et les loups de mer ? rappelle Stombi.

– Le loup de mer est l'ennemi juré de notre volaille manchote. Véritable requin à moustache, il peut en dévorer dix en une journée ! Il guette, le museau poilu au fil de l'eau, et ses deux crocs acérés happent le malheureux en un clin d'œil. La bouche pleine, il plonge d'un coup de queue et noie sa proie. Des bulles de sang à la surface en témoignent. Puis, la victime manchote en gueule, il se traîne sur le rivage, grâce à ses deux nageoires avant, pour déguster goulûment son repas.

– Un vrai bourreau ! s'écrie Tambo.

– Pauvre bête ! s'apitoie Stombi.

– Les hommes font pire, soupire Dolo.

– Oui, les marins affamés imitent ces loups de mer. N'appelle-t-on pas les bourlingueurs des océans, justement, des vieux loups de mer ? Ce qui compte, pour Magellan, c'est que les équipages se rassasient. Et la pêche et la chasse permettent seulement de nourrir les troupes. On ne chôme pas dans cette baie des Sardines. Les charpentiers, sous la houlette de Richard, le robuste et rusé Normand, réparent les bois, les châteaux et les mâts. D'autres rafistolent le gréement : on recoud la voilure, on vérifie les cordages, on restaure les amarres. On scie, on coud, on cloue, on tape et on calfate. La *Trinidad* et la *Victoria*, encalminées dans la baie des sardines, attendent des nouvelles des barques d'exploration à l'ouest. En revanche, de l'est, rien de nouveau.
Seule la *Concepción* revient d'une longue exploration. Qu'est devenu le *San Antonio*? Le pilote ne sait quoi répondre. Le *San Antonio* ne nous rejoindra jamais. Son équipage, des mutins espagnols, haïssait Magellan. Perdition ? Naufrage ? Désertion ? Ont-ils rebroussé chemin vers l'Espagne ?
En tout cas, Magellan ne dispose plus que de trois nefs : la *Trinidad,* la *Victoria* et la *Concepción.* Confiant, il peut désormais compter sur des matelots valeureux et des officiers fidèles. Heureusement, les jours se rallongent et les marins mangent à leur faim. Mais il fait de plus en plus

froid. Des pluies tombent en gouttes glacées. Les gouttes dures s'appellent des glaçons. Les gouttes molles s'appellent des flocons de neige. De près, on dirait des diamants. Ils disparaissent au creux de la main et ne laissent qu'une petite flaque d'eau.

– Toti a un tel pouvoir de transformation ?

– Ici, nous n'avons jamais vu de neige !

– Je me tiens sur le château avant de la *Trinidad* aux côtés du capitaine-général. Nous contemplons les glaces bleues qui sculptent les falaises. Parfois, un mur de glace se détache dans un bruit sourd. Et la glace flotte sur l'eau ! Un oiseau blanc tournoie, plonge et pêche un poisson avec son bec. Les nuages muent sans cesse, tels des serpents, inventant toutes sortes de fantômes. Mais je dois rêver.
À l'ouest, il y a du nouveau. « Chaloupe en vue ! » « Deux chaloupes ! » « Elles sont de retour ! » Les rameurs souquent ferme. Ils se rapprochent. Les explorateurs réservent leurs efforts à une progression plus rapide. Le silence s'éternise. L'amiral, dans son habit noir, comprend. La nouvelle doit être bonne. S'ils n'avaient rien vu, ils rameraient moins vite. Magellan ne bouge pas un cil. Une lueur pâle et matinale traverse les brumes. Sa barbe a blanchi. Est-ce le gel ? Est-ce le sel ? Est-ce un rayon de soleil ?

Un pilote monte à bord et salue l'amiral.
« Capitaine-général…
– Parle !
– Nous croyons…
– Le temps n'est plus aux croyances.
– Nous avons vu…
– Parle vite !
– Nous avons vu le cap tant désiré !
– C'est-à-dire ?
– Le cap s'ouvre sur un immense océan ! »
Magellan remercie le pilote. Il fixe l'horizon côté soleil couchant. Son regard traverse la brume. L'espérance luit. Puis les ordres sont transmis.
Vite. On largue les amarres ! On lève les ancres. On hisse les voiles. On manœuvre. Les marins retrouvent les réflexes de leurs tâches. La nouvelle circule de nef en nef :
« Cap à l'ouest !
– Cap Désiré !
– Les tonneaux sont-ils remplis d'eau douce ?
– Oui !
– Et de vin ?
– Oui, il reste du vin !
– Buvons !
– Du vin, tu parles, du vinaigre plutôt !
– Tire ta corde au lieu de jacasser, ivrogne ! »

Magellan observe les va-et-vient un moment. Il pivote. Il retourne dans sa cabine. Je le rejoins. Mon maître Magellan, à genoux, devant la statue de la Vierge, baisse la tête. Il essuie ses yeux.

– Il a pleuré ? s'étonne Stombi.

– Mais Magellan ne pleure jamais ! s'exclame Tambo.

– Pourtant, à cet instant-là, il pleure. Certes, il n'a pas éclaté en sanglots longs et violents. Seules quelques petites perles ont débordé, quand les paupières du capitaine-général ont clignoté un peu plus vite.
« Henrique, nous avons trouvé le Passage. N'oublie jamais cette date : le 28 novembre 1520 après la naissance de Jésus-Christ. Le détroit est connu. Notre expédition vient de changer les cartes du monde ! Mais rien n'est fini. Nous devons traverser une mer inconnue. Qui donc l'a déjà traversée ? Nul ne sait. Et personne ne peut deviner ce qui nous attend. Andrés de San Martin, tout savant soit-il, m'a confessé son inquiétude. Nul ne sait combien d'hommes devront encore mourir, de froid ou de chaud, de soif et de faim. Mais je sais où je dois guider ma flotte. Je sais où aller. Et je dois faire tout pour ! Tout pour ouvrir la nouvelle route des épices et de l'or. Pour retrouver mon ami Francisco Serrao. Pour te raccompagner chez

toi, dans ton île. Tel est mon but. Tel est ton destin, mon ami. »

J'ai alors compris que je reverrai Patoka, ma cascade, mon île.

CHAPITRE

7

Le Pacifique

Comment les équipages, pour survivre durant une longue traversée, durent avaler bien des couleuvres.

– Voilà comment nous avons découvert une immense étendue d'eau calme à perte de vue. Magellan l'appelle : océan Pacifique. La paix du désert de la mer. Le courage revient sur les trois navires. Le courage ? Le désir de l'or ! Le désir de l'or et l'espoir des épices. Les courants nous poussent vers le Septentrion.

– Cap au nord !
désigne l'index de Stombi vers le haut.

– Cap à l'ouest ! hoche Tambo de la tête.

– Le Septentrion, c'est le nord,
Môôôssieur Tambôôô…

– Ouest, nord-ouest… dit Dolo.

– La *Trinidad* en tête, la *Concepción* et la *Victoria* sillonnent de concert sur une mer inconnue. Inconnue mais entrevue par Balboa ! Nos trois nefs se dandinent et progressent en une espèce d'allégresse retrouvée. On souffle, on respire, on espère. « Les vieux portulans et les plans anciens ne nous servent plus à grand-chose, me confie le capitaine-général, ma tâche est de dessiner de nouvelles cartes. Vois-tu les côtes à tribord ? Je mesure leur latitude et estime leur longitude, puis je dessine sur ce parchemin neuf leurs tracés. Cela sera utile pour les navigateurs qui emprunteront après nous cette voie… Prenez bonnes notes, Sieur Pigafetta, prenez bonnes notes. »
Dans ma tête, je ne comprends pas tout à fait. Et je crois bien que Pigafetta ne comprend pas plus que moi. Je ne vois que des falaises noires et d'immenses montagnes terrifiantes qui plongent directement dans l'océan. Nous ne pouvons les approcher sans danger, tant les ressacs sont puissants. Pas de crique. Pas une plage. Des jours et des nuits de navigation. Magellan décide de changer de cap.

– Cap à l'ouest !
Je te l'avais bien dit, se réjouit Tambo.

– Ouest, nord-ouest... sourit Dolo.

– Nous quittons les côtes. Direction le ponant. Des vents réguliers gonflent nos voiles. Les courants sont favorables. Les nefs filent. Pas un nuage. Le soleil. Miracle ? Enchantement ? Plus nous nous éloignons des montagnes noires en bas et blanches en haut, plus la douceur augmente. Ni miracle, ni enchantement. Le soleil peu à peu brûle les peaux. La chaleur assèche les gorges. L'eau précieuse est à nouveau comptée. On épie le gobelet du voisin. Les vivres, au bout de trente jours de navigation, manquent cruellement. Les conserves de céleri salé diminuent. On se querelle pour un biscuit. Les biscuits, cuits et recuits par ce soleil blanc et torride, s'effritent en miettes. Les rats se cachent. Ils se troquent à prix d'or. La peur de finir en brochette dissuade leur effronterie naturelle. Un liquide imbuvable croupit au fond des barriques. Quant aux rares poissons pêchés, ils provoquent des pugilats meurtriers. Les peaux se dessèchent, les dents se déchaussent, les gencives saignent. Les os des matelots faméliques font danser au crépuscule des silhouettes squelettiques. Des matelots voient parfois des fantômes. Certains marins répètent que l'océan va s'arrêter demain, que nous allons droit vers l'enfer, que des créatures surgies des fonds vont les avaler !

– Les monstres marins ! Ha ! Ha !

– Chimères ! Et les chimères ne peuplent que les rêves, pas les mers. Ce Pacifique, océan géant, s'étale à l'infini. Les dieux mêmes ont dû l'abandonner depuis la nuit des temps. Pas d'âme qui vive. Rien que des vagues régulières. Rien que le vent de l'est. Rien que l'eau nue. Seul le soleil de plus en plus assassin. Bateaux fantômes, la *Trinidad*, la *Victoria* et la *Concepción* glissent sans doute vers la mort. Qui donc est sûr, après trois longues lunes de privations, que les îles aux Épices surgiront au bout du bout du monde ? On ne fait pas le tour d'un cube sans tomber ! Il faut vraiment croire que la Terre est une boule pour continuer à suivre une voie invisible, au gré du vent et du courant, indéfiniment… C'est peut-être ça, l'éternité : une navigation silencieuse, sans repères et sans amers[11], sur la peau du diable.

En ce début d'année 1521, nous croisons un caillou surgi de nulle part. Insolite, il émerge, mirage rocailleux, scorie du temps perdu de l'océan. Serrano manœuvre la *Concepción* et le circonvient : « Peine perdue. Rien qui vaille. Ce n'est qu'un roc. » Mais il faut le nommer, ce roc esseulé. Telle est la loi espagnole. Baptiser pour prendre possession. Pigafetta, jamais en reste de mots, propose de l'appeler l'île de Saint-Paul, en l'honneur du pauvre disparu, Paul le Patagon. L'amiral acquiesce et l'inscrit sur une carte.

11. Un amer : point remarquable qui sert aux marins pour se repérer.

Une semaine plus tard, une nouvelle île infortunée entre en ligne de mire. Ce brisant, jumeau de l'île de Saint-Paul, est infesté de requins ! Je plonge aussitôt et tue trois squales, un pour chaque navire. De quoi caler les estomacs affamés. Magellan me réprimande du regard. Puis il note sur sa carte : l'île des Requins.

– Il aurait pu la nommer : l'île de Patokin !
observe Tambo.

– Ou alors, dit Stombi,
l'île du frère des requins !

– Magellan lève les yeux de sa carte : « La Terre est une boule, Henrique, me dit l'amiral, une nuit sans lune remplie d'étoiles. La Terre est ronde et elle tourne ! »

– La Terre tourne ? s'étonne Tambo.

– Si la Terre tourne, nous tournons aussi !
poursuit Stombi.

– Oui. Oui. Magellan m'invite sur le pont. C'est la fin de la nuit. J'ai faim. Je tente d'oublier la faim. Mais comment oublier la faim ? La laisser passer. La laisser voguer. La *Trinidad* glisse sur les flots. Des matelots dorment. D'autres veillent. On gémit. On ronfle. Le bois craque. Le vent siffle. Peu à peu se dessine une lueur. Sur le fond

noir apparaît un arc de cercle gris bleu qui s'étale. L'amiral aussi veut tromper la faim :
« Regarde du côté de la proue, Henrique. Que vois-tu ?
– Les premiers rayons du soleil. Le soleil se lève.
– Non, Henrique, le soleil ne se lève pas. C'est nous qui le voyons se lever. Imagine. Le soleil est une boule de feu fixe dans le ciel. Comment pourrait-il se lever s'il ne bouge pas ?
– Je ne sais pas. Le soleil doit bien bouger, puisqu'il se lève et passe au-dessus de nos têtes toute la journée et disparaît la nuit de l'autre côté de la Terre.
– À moins, mon cher Henrique, que la Terre ne bouge elle-même ?
– Alors nous sommes emportés par la Terre. Nous tournons avec elle.
– Oui. Tu vois la ligne d'horizon ? Elle n'est jamais plate même quand la mer est calme.
– Mais pourquoi sommes-nous accrochés à la Terre ?
– Nous sommes collés à la Terre et à la mer, parce que nous faisons partie de la Terre. Nous sommes une partie de la mer. Oiseau ou bateau, nous venons de la terre, voguons sur les mers et retournons à la terre.
– Nous devons être collés à la Terre par un esprit qui nous attire vers son centre ! Sinon, tout le monde s'envolerait ! Tout cela fait rêver !
– Henrique, tu ne rêves pas. D'après mes calculs, l'île de ton enfance ne devrait plus être très loin. Sitôt arrivé chez

toi, tu auras fait le premier tour du monde. Oui, toi, Henrique, tu seras le premier homme à l'avoir accompli ! Certes, tu l'auras accompli en étapes successives…
– Patron…
– Quand tu m'appelles patron, tu me rajeunis.
– Vous aussi, vous aurez accompli le tour du monde ?
– Non, Henrique, il me manquera le trajet des Moluques à Malacca que toi, tu as fait avec les pirates chinois.
– Quoi ? Vous ne comptez pas poursuivre la voie vers Malacca, puis Calicut et contourner l'Afrique, afin de joindre l'Espagne ?
– Non, Henrique. Les chevaliers de saint Jacques doivent obéir au roi Charles. Et ma feuille de route indique qu'après les îles aux Épices, je devrai rebrousser chemin. Ce sera la grande voie espagnole. Le jeune roi Charles aura conquis l'autre moitié du monde sans faire la guerre aux Portugais. Nous aurons respecté le traité de Tordesillas.
– La paix grâce à vous, amiral Magellan. Nous avons navigué longtemps, c'est tout. Le tour du monde ? Ça sert à quoi de faire le tour du monde ?

– À faire mourir des marins ! s'insurge Tambo.

– Et les faire mourir de faim ! s'apitoie Stombi.

– Oui. Magellan n'a jamais eu l'idée de faire le tour du monde. À quoi bon ? Mais au milieu du chemin, il a simplement découvert que moi, Patokin de Patoka, baptisé Henrique par le plus grand des navigateurs, risquait fort d'avoir fait le tour du globe sans l'avoir voulu.

– Magellan est un malin, ponctue Dolo.
L'amiral a toujours su ce qu'il faisait.
Il n'a pas voulu le dire trop vite.
Personne ne l'aurait cru.

– Magellan s'active. Magellan calcule. Magellan consulte Andrés de San Martin : « Par saint Elme, Ptolémée s'est trompé ! Le Grec d'Alexandrie ne savait pas que la Terre était aussi vaste. Et l'océan Pacifique doit être le plus grand du monde. Sinon, nous serions déjà arrivés aux îles Moluques. » Penchés sur une vieille carte, règle et compas en mains, ils tirent des traits. « Si nous recalculons selon les chiffres de Copernic, les Moluques devraient se trouver à deux mois de navigation. Soit début mars de la sainte année 1521 », affirme l'astronome. « Puissiez-vous dire le vrai, savant San Martin, les équipages crèvent de faim… » Magellan a faim et c'est lui qui mange le moins. À la nuit tombée, afin d'épargner les marins amaigris, nous jetons parfois par-dessus bord un mort après une rapide prière. Les matelots errent. Les quartiers-maîtres les encouragent. Les pilotes se taisent. Les officiers rationnent l'eau rance. On mange de la poussière de biscuits infestés par l'urine des rats.

D'ordinaire peu familier, l'amiral rassure les hommes sans distinction de grades ou de fonctions. Lui, si taciturne, parle doucement aux moribonds, réconforte avec sobriété les malades. Il évoque Séville avec les Espagnols, Lisbonne avec les Portugais, Malacca avec les Malais. Pigafetta prie avec les Italiens. Magellan me désigne médecin de bord. Mais qu'est-ce qu'un médecin sans médicaments ?

– Un sorcier sans plantes ! répond Stombi.

– Ce soir, chère Dolo,
je n'ai guère d'appétit pour tes gâteaux,
déplore Tambo.

– Moi non plus, dit Stombi.

– Nous les finirons demain,
répond Dolo en rangeant délicatement
les pâtisseries dans un panier.

– Sannsé, mon vieil ami chinois, m'a appris à calmer la douleur. En fidèle disciple, je pose mes mains sur les dos brûlés, les ventres en lambeaux, les têtes sans cheveux. Je rince à l'eau de mer des gencives sanguinolentes. Un soupir, un soulagement, un sourire parfois. Un marin mort est un mort de trop. Plus que jamais, je prends ma posture assise, les jambes croisées, la tête droite, les yeux mi-clos.

Mes pensées s'envolent, bulles sur les vagues de la mer. Des images viennent, reviennent, partent ou s'évanouissent. Les yeux de Patoki, souvent, apparaissent, tout droit sortis de la cascade. Nontoka jette ses cailloux. Le chef Toka me force à ramer, soleil couchant, sans me retourner. Il a dit vrai. Me revoilà esclave, lion en cage, tueur de tueurs, sauvé par les Chinois, vendu par les Arabes, acheté par un jeune capitaine portugais. Il me guide vers l'ouest, toujours à l'ouest. Là où le soleil ne se couche jamais.
La traversée dure plus longtemps que les provisions. Plus longtemps que les prévisions de San Martin. Les conserves de céleri sauvage ? Au rancart des souvenirs. Les sardines séchées sont encore plus sévèrement rationnées. On boit du vinaigre allongé d'eau de mer. Pas une goutte de pluie pour humecter les lèvres desséchées. Les nefs filent et la

pêche est difficile. Cet océan Pacifique semble ne receler qu'une eau bleue sombre, trop profonde pour nos coquilles de noix.
Ordre est donné d'entailler le cuir des cordages sans les rompre. Bouilli et macéré, voici un mets à sucer des heures durant. De quoi tuer le temps et la faim qui n'en finit pas. La mort des âmes est ralentie. La mort des corps sans doute accélérée.

– Vous avez mangé du cuir ?

– Pire. À l'insu de Magellan, des lambeaux de cadavres sont découpés. On les garde comme appâts pour la pêche. Parfois, des matelots bredouilles et affamés remontent leur ligne et gobent le petit morceau de chair salée par l'océan sans poisson.

– Comme s'ils mangeaient leurs ennemis ?

– Sauf qu'ils mangeaient leurs amis…
Et toi ? Toi aussi Henrique ?
demande Stombi.

– J'ai commis un sacrilège. Je l'avoue. J'ai mangé des appâts.

– La faim est une folie.

– Tu dis vrai, Dolo.

– Et Magellan ? A-t-il avalé des appâts ?

– Qui sait? Magellan, tout amiral soit-il, n'en demeure pas moins un homme. Qui peut dire ? Plus personne n'attend rien. Chacun désespère à sa façon. J'ai dû un jour attacher un matelot hollandais pris d'une crise de délire : il se prenait pour un dauphin ! Un autre a dû être assommé : il parlait un mélange de langues, espagnole, portugaise, italienne, française, allemande. Il répétait : « Je suis Jésus, je suis Jésus. Je comprends tous les hommes qui souffrent, je suis le vent Paraclet… » Il ne s'est pas réveillé. Le capitaine-général a fait une messe pour Jésus et nous l'avons jeté à la mer. Moi, je croisais les jambes. La pestilence transpirait des barriques et des corps, des cordages et des voiles. Si l'esprit des dieux habite dans les bonnes odeurs, alors le vent d'un diable pourri et puant s'immisce dans nos narines et dans les pores de notre peau. Autant que je le pouvais, je bravais l'interdiction : je plongeais et filais, attaché à la poupe de la *Trinidad*, retenant ma respiration et glissant à travers les flots. Je lavais ma peau, mais pas mon esprit…

« Terre ! Terre ! »

Je saute de mon hamac.

« Terre à bâbord ! » J'entends la voix de Magellan. Une voix claire, forte, précise. La voix des grands jours. Une voix qui ne se répète pas.

Je vois, oui, je vois, trois îles se profiler ! Elles sont de plus en plus nettes. Nous jetons les ancres. Les voiles tombent. L'espoir est de retour. Nous allons boire de l'eau fraîche et, surtout, douce ! Nous pourrons bientôt manger des fruits gorgés de sucre et de soleil.

– L'appétit reviendrait-il ?
Un peu de lait de coco, les enfants ?

– Merci Dolo.

– Stombi, un petit gâteau de riz à la cannelle ?

– Merci, je n'ai pas encore bien faim,
répond Stombi en remarquant
le désarroi de Henrique.

– Pardon Henrique, dit Dolo,
mais tu avais suspendu ton récit…

– Oui. Fausse joie. Le silence du désespoir vient m'assaillir à nouveau. Nous aurions tous aimé un peu d'eau douce. Toti, tout simplement. La plus petite des cascades du monde. Mais non. Pas un ruisseau. Pas un arbre. Rien ! Rochers. Arbustes rabougris. Cailloux. À peine quelques oiseaux fuyards. Nous repartons plus anéantis que jamais. Il faut continuer. Toujours l'eau salée et le soleil. Magellan nomme ses îles : les îles désespérées. Les marins n'ont plus que la peau et les os. Les jours et les nuits se succèdent, monotones. Et cette soif, cette soif sans nom qui rend fou. Par chance, les tempêtes nous ont épargnés. Le moindre grain aurait mis fin à notre équipée. Rendons grâce à cet océan paisible. Maudissons cet océan trop pacifique qui n'offre que de rares cailloux ingrats. Bénissons ses vents favorables et son courant porteur.

Nos vieux bateaux fatigués et rongés — les vers avides ont aussi faim que nous — s'éloignent cahin-caha des îles désespérées. Les nefs accablées tanguent sous la lourde affliction des matelots découragés. Et toujours la mer, le ciel, les vagues. Magellan exhorte les marins valides à recoudre les voiles, laver les ponts, briquer les canons. Même au bout du désespoir, le capitaine-général reste droit et ferme. Il a considérablement maigri. Ses habits noirs sont trop grands. Où donc puise-t-il ses ultimes ressources ? Le soleil brûle la graisse et le vent vide le sang.

« Terre ! Terre ! »

Nul ne bouge. De loin, on aperçoit de nouveaux rochers. Nul n'ose croire. Un faux espoir de plus et le néant engloutirait l'armada à tout jamais. À l'approche, je discerne des mouvements. Les fourmis grossissent au rythme de la progression lente des navires. Oui, nous voyons des hommes, des hommes ! L'île est habitée ! Nous ne sommes plus seuls au monde. L'amiral ordonne le mouillage. À tout prix faire l'aiguade : ravitailler en eau les barriques.

Trois chaloupes rament vers la côte. On souque ferme. Des palmiers, des figuiers, des noix de coco ! Magellan disparaît dans sa cabine en boitant.
Les habitants de l'île du bout du monde ne sont pas farouches. Guillerets et joviaux, ils vont et viennent, curieux et nus, agités comme des enfants insouciants. Joueurs et dissipés, ils jonglent avec les colliers de verroterie que nous leur offrons. Quand ils rient, et ils rient souvent, ils dévoilent des dents colorées de rouge et de noir.

– Comme les cannibales de Pakalolo !
s'écrie Tambo.

– Mauvais présage, redoute Stombi.

– Les membres d'équipage ne se soucient de rien et je crains déjà le pire. On sifflote et on chante. Tandis que des marins ravitaillent en eau quelques barriques, d'autres stockent des noix de cocos. Mais les insulaires, ces joyeux drilles, envahissent la *Trinidad* et chapardent tout ce qui leur tombe sous la main : clous, bois sculpté, lambeaux de toile. On informe l'amiral. Excédé, rompant le pacte pacifique, Magellan exige qu'une leçon soit infligée aux voleurs. Je tente de le dissuader. En vain. L'âme belliqueuse du capitaine-général sort de sa tanière. Quarante soldats armés de piques et d'arbalètes débarquent sur la plage. On vise. On tire. On tue. Les larrons prennent la fuite. Des autochtones tombent, des enfants sont touchés. Le sang coule. Les mères blessées se mutent en louves. Une meute de furies nous attaque de plus belle à coups de cailloux. Vite, nous courons aux canots. Un marin flamand ne peut pas atteindre la dernière barque. Les harpies le griffent, déchirent sa peau, arrachent ses yeux. Les larrons déchaînés le matraquent. Leurs gourdins de bois le disloquent. Il succombe. J'ai honte. Nous devrons l'abandonner.

L'escadre reprend son cours au plus tôt. Le vent est avec nous. L'eau est comptée. Nous croisons de nouvelles îles. Les officiers espagnols rongent leur colère. « Pourquoi ne pas s'arrêter ? » insiste sans cesse Duarte Barbosa.

Magellan réunit les officiers. « Messieurs, en ce jour du 9 mars 1521 après notre seigneur Jésus-Christ, nous touchons au but. J'exige un ultime effort de vous et des équipages. Une nouvelle halte auprès de populations hostiles serait fatale à toute l'expédition. Les hommes n'ont plus la force de se battre. Nous devons filer encore quelques semaines vers l'ouest. D'après mes calculs — et j'ai dû les rectifier —, nous atteindrons les îles aux Épices à la fin du mois. Nous avons de quoi tenir encore quelques semaines. Nous ne stationnerons pas avant. Certes, les marins ont besoin de repos. Ils doivent d'abord obéir. Nous débarquerons bientôt. Je m'y engage solennellement. À la gloire de saint Jacques et du roi Charles, vaquez ! »

La *Trinidad*, la *Concepción* et la *Victoria* voguent de conserve par vent arrière. La douceur de l'air est toujours au rendez-vous. Je me prends à rêver qu'un peu de pluie serait la bienvenue. Quelques gouttes ! Seulement quelques gouttes pour évacuer miasmes et remugles. Juste une petite douche ! Question de rincer ces peaux qui puent, ces cheveux sales, ces cuirasses de cuir pourri, ces tissus si salés qu'ils grattent et démangent l'épiderme abîmé. Les marins rationnés peuvent quand même se rassasier de rares et maigres poissons volants qui viennent parfois mourir sur le pont. Et nous poursuivons encore le ponant, cette chimère…

– Henrique poursuivra demain,
murmure Dolo la douce.

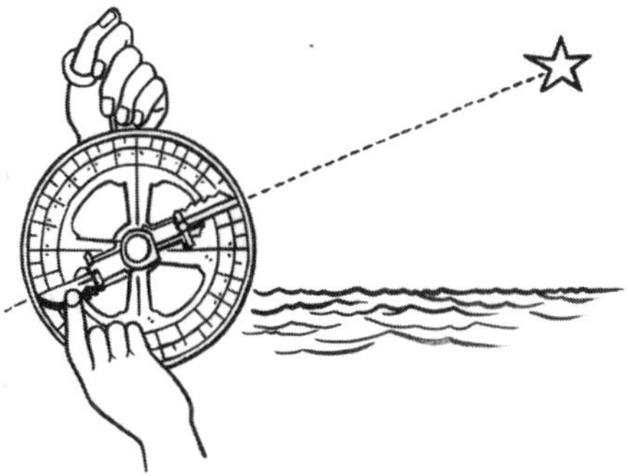

CHAPITRE

8

Toti !

Comment Henrique redevint Patokin
et comprit qu'il fut peut-être le premier circumnavigateur.

– « Terre ! Terre ! Terre ! »

Barbosa est content : Magellan décide de stopper l'escadre. La petite île semble accueillante. Le capitaine-général veut éviter la mésaventure de l'île aux larrons. Soupçonneux, l'amiral envoie quatre chaloupes de soldats commandés par son beau-frère. Soudain, j'entends un cri. Un cri tout droit sorti de l'eau. Silence. Le cri revient. La voix m'est familière. Une voix italienne. La voix de Pigafetta. Il est tombé à l'eau. Toti ! Mon sang-froid ne fait qu'un tour, je deviens Patokin, le frère des requins, et nage au plus vite sous l'eau dans sa direction. Le scribe ne sait pas nager. J'aurais dû lui apprendre. Je me sens coupable et décuple

mes forces. Je le vois. Il ne bouge plus. Ludion à la dérive, il flotte entre deux eaux. Je le remonte à la surface. Le hisse sur un esquif. J'appuie sur son torse. Rien. Une claque. Toujours rien. Je le soulève et le secoue par les pieds. Enfin ! Il recrache toute l'eau salée. Sortant d'un mauvais rêve, il me confie : « Henrique, tu m'as sauvé la vie ! Je ne t'oublierai pas dans mes prières. » Un marin italien s'approche et le réconforte dans sa langue.

Barbosa revient et rend compte à Magellan : « Amiral, ces gens ne ressemblent pas aux larrons. Ils ont tous pris la fuite sitôt qu'ils nous ont vus. L'île est minuscule mais luxuriante. » Magellan ordonne un rapide ravitaillement en eau. Il baptise cet îlot : l'île de l'aiguade. Tandis qu'on approvisionne, il prononce un discours :

« Messieurs, marins et matelots, pages et pilotes, soldats et officiers, nous allons bientôt atteindre le but de notre voyage. Mais cette île est trop petite. Il faut continuer. Nul ne restera ici. Les îles aux Épices sont là, à quelques jours de navigation. Notre fortune est faite. Nous avons besoin de toutes nos forces pour accomplir ce que j'ai décidé. L'heure du repos n'a pas encore sonné. Larguez les amarres et hissez les voiles ! » Chacun reprend son poste. Barbosa boude. Les matelots, accablés par la routine, manœuvrent et travaillent sans piper mot. « Galériens nous sommes, galériens nous vivons, galériens nous mourrons », peut-on entendre sur le pont.

Après quelques jours de navigation, nous repérons un archipel de sept îles. Étrangement, Magellan semble prendre son temps : il fait dresser un padron[12] au sommet de l'île principale qu'il baptise l'île des Bons Signes. Tandis que des chaloupes font la navette pour le ravitaillement en eau, des pirogues familières viennent danser autour de nos caraques grincheuses. Des insulaires indolents et peu farouches paraissent nous ignorer. Certains plongent et remontent à la surface un poisson frétillant fiché dans une pique de bambou affûtée au feu. « Je connais cette arme », dis-je au capitaine-général. Magellan m'ordonne de sauter dans une chaloupe avec trois hommes à la rencontre de ces tranquilles pêcheurs. Un jeune homme plonge dans l'eau. J'ai chaud. D'instinct, je plonge aussi. Sitôt à la surface, je m'écrie sans réfléchir :

« Toti !

– Toti ! »

Le jeune pêcheur m'éclabousse. « Toti ! Toti ! »

Je ris. Il rit aussi.

« Tu parles la langue d'Humunu ! Comment t'appelles-tu ?

– Patokin. Patokin de Patoka !

– Patoka, l'île de la cascade ?

– Oui. Tu la connais ?

– Bien sûr ! C'est une triste histoire.

12. Padron (ou padrao) : édifice en pierre gravée d'inscriptions, construit par les explorateurs portugais pour marquer leur territoire.

– Raconte !

– Le vieux Toka est mort. Son fils Nontoka s'est enfui lâchement…

– Et…

– Sois d'abord mon ami, Patokin !

– Quel est ton nom ?

– Bossugh, le roi du tir à l'arc.

– Bossugh, tu es mon ami.

– Patokin, tu es mon ami. Tu es un Horan[13].

– Tu es un Horan autant que moi. Et… connais-tu… Patoki ?

– Patoki ? La plus belle fille de Patoka ?

– Dis-moi vite !

– Allons à terre, je te dirai tout. Tu connais le mot sacré ?

– *Shrih…*

– *Shrih Com'…*

– *Shrih Com' Bah.*

– Nous sommes *sandala.*

– Nous sommes frères. »

– *Shrih Com' Bah* ?

– Oui, chère Stombi. C'est aussi un mot sacré. Seuls les Horans le connaissent.

« Bossugh, lui dis-je, mon chef Magellan serait heureux de rencontrer ton chef.

13. Horan ou être humain.

– Patokin mon frère, Calambu, roi d'Humunu, serait heureux de devenir ami de Magellan », répond Bossugh. Nous avons nagé ensemble parmi les poissons bleus, jaunes, rouges, verts, noirs, blancs. Je suis chez moi. Patoki n'est plus très loin. *Shrih Com' Bah* ! J'ai accompli mon destin. Magellan se tient debout sur le château avant de la *Trinidad*. Je vois sa silhouette, statue noire, baignée par le soleil. Fernando, *sandala*, frère Magellan, l'ami qui m'a libéré de mes chaînes d'esclave, l'ami que j'ai sauvé, l'ami qui m'a tant appris sans trop parler, l'homme qui a osé traverser les mers inconnues. Magellan comprend mon sourire encore mouillé de l'eau salée d'une baignade inoubliable. Magellan m'invite d'un geste à entrer dans sa cabine. Ses yeux brillent. Magellan sourit.

– Magellan ne sourit jamais.

– « Henrique, je t'avais promis de faire tout pour te raccompagner chez toi. J'ai pu tenir mon engagement. Tu es le premier homme dans l'histoire des hommes à avoir accompli le tour du monde. Tiens ! Je te confie mon coffre blanc. Il contient toutes les preuves de la première circumnavigation. Garde-le précieusement. Tu es le témoin vivant que la Terre est bel et bien ronde. La Terre est une mer de vagues, de glaces, de vents et de pluies, de rafales et de courants. Les plus grands continents sont des îles surgies des océans. Les mers ne sont qu'une seule mer ! »

– Toti ! soupire Tambo.
Toti, l'âme de l'eau !

– Toti, l'eau de la vie, dit Dolo.

– « Le monde est une boule d'eau, poursuit Magellan. La Terre tourne sur elle-même. Elle tourne autour du soleil. Nicolas Copernic a raison ! Et personne ne le croit ! La Terre est lancée à toute vitesse dans le ciel. Et nous venons de tracer une nouvelle ligne sur le globe de la mer… Henrique, accompagne-moi auprès du roi d'Humunu ! » Bossugh prépare la cérémonie de la rencontre. Le début se déroule sans paroles. La nuit tombe. La lune se dessine nettement. Les étoiles pointent leurs premières lumières. Calambu se tient debout au milieu des vieux sages. Magellan met un genou à terre.

– Comme s'il voyait
le roi d'Espagne ?

– Non. Son regard est droit. Sa main tient la poignée de son épée. Les doigts de sa main gauche s'écartent sur son cœur. Calambu le regarde. Il se penche vers lui et le relève. Alors ils s'embrassent comme s'ils se connaissaient depuis toujours. Calambu chuchote: « *Cassi-cassi, cassi-cassi.* » Bossugh glisse dans mon oreille: « *Sandala, sandala.* » Ils sont devenus frères, plus frères que les frères de sang. Le chevalier de saint Jacques et le roi d'Humunu sont amis pour la vie alors que tout les sépare. Le temps s'arrête à ce moment-là. Le noir de la nuit envahit peu à peu l'île. Je lève les yeux. La lune a disparu ! Et pourtant nous la voyons ! Une ombre la recouvre !

Je viens de réaliser la promesse du vieux Toka: vous ne pourrez vous arrêter que lorsque vous verrez à nouveau l'œil de la nuit, la lune de *Shrih Com' Bah* ! Mes épreuves sont-elles terminées ? Ai-je purgé ma peine ? Mais où se cache Patoki ?

Magellan apprend à Calambu le maniement de l'épée, le tir de l'arquebuse, le tonnerre du canon. Il organise une visite de la *Trinidad*, de la *Concepción* et de la *Victoria.* Il lui montre l'aiguille aimantée, tente de lui expliquer le fonctionnement de la boussole, l'importance de savoir toujours où est le nord pour aller à l'ouest… Mais Calambu hoche la tête et se moque bien de la boussole, puisqu'il connaît la lune et le soleil ! L'astrolabe, fiché au grand mât, reste un mystère.

Calambu offre à Magellan de l'or et des épices, du gingembre et du poivre. Il lui enseigne l'art secret des flèches empoisonnées. Avec générosité, il donne un grand banquet en l'honneur du départ prochain de notre expédition. On immole trois gros cochons. Un vrai délice : du porc grillé aux épices arrosé de vin de palme !

– Qu'en sais-tu ?

– Oui, toi qui ne bois jamais de vin !

– Une goutte du breuvage est un chaud délice. En avaler un tonneau envoie aux enfers.
Calambu est un sage. Il insiste auprès de Magellan : « Frère et ami, ne pars pas ! Tu cours à ta perte à vouloir charger tes bateaux d'or et d'épices pour le roi d'Espagne. Reste auprès de moi. Bossugh te conduira à Ternate et tu retrouveras ton ami Francisco Serrao. N'es-tu point heureux ici ? N'avons-nous pas tout ce qu'il faut pour vivre ? De l'eau douce, des poissons, des noix de coco et quelques épices pour agrémenter nos mets ? Oublie ton ambitieux beau-frère Duarte Barbosa et le fourbe Del Cano… Poursuis le sillon que tu as ouvert. Son succès sera éphémère, mais ta gloire sera éternelle ! »
Magellan réplique, l'air triste des jours de brume : « Ami et frère Calambu, la sagesse t'accompagne. Je ne suis qu'un guerrier au service d'un roi. Je veux achever ma

mission et retrouver ma famille, Béatrice et mes enfants. Ces enfants qui ne connaissent pas leur père… Indique-moi plutôt Cebu, la grande île aux Épices et ma reconnaissance sera à son sommet. »
Désabusé, Calambu livrera ces paroles à Magellan : « Tu ne suis pas la voie la plus simple, qui est celle du bonheur de chaque instant. Je te confie Bossugh. Il te guidera vers Cebu et t'introduira auprès de Humabon, son roi. Il est riche, puissant et menteur ! Bon vent, ami Magellan ! »

– Magellan aura été prévenu !

– Les guerriers n'écoutent pas toujours
leurs vrais frères.

CHAPITRE

9

L'arc-en-ciel

En quoi Magellan provoqua étrangement son propre destin et comment Patokin retrouva miraculeusement un être cher.

– Le 7 avril 1521, l'île de Cebu est en vue. L'histoire se précipite. Magellan veut aller vite. Trop vite. Vite remplir les cales d'or et d'épices. Vite rentrer en Espagne. Magellan est rusé. Humabon est aussi rusé que lui. Les renards entre eux deviennent vite des chiens sauvages.

HUMABON. – Tu veux de l'or ? Des épices ?

MAGELLAN. – Oui. Que veux-tu en échange ?

HUMABON. – C'est très simple. Tu as des canons et des soldats. Je n'aime pas faire la guerre. Je préfère la paix et le commerce…

MAGELLAN. – Parle clair, Humabon !

HUMABON. – Voilà. Tout près de Cebu, il y a une petite île nommée Mactan. Lapulapu, le chef de Mactan, est un petit prétentieux méchant rempli d'or. Il nargue tout le monde. Avec son or, il achète des esclaves pour mener des guerres dans toute la région et semer la terreur avec ses flèches empoisonnées.
MAGELLAN. – Je ne ferai qu'une bouchée de ce moineau ! Je prendrai son or et tu auras ta part, cher Humabon !
Bossugh me confie que Patoki de l'île de Toka a été enlevée par Lapulapu et ses sbires. Lapulapu tient Patoki en esclavage !

– Tu vas libérer ton amie Patoki ! gage Tambo.

– Évidemment, assure Stombi.

– 27 avril 1521 à l'aube. Avant le jour, soixante hommes d'équipage endossent leurs cuirasses de soldats à bord de la *Trinidad.* La nef fait voile vers l'île de Mactan. La mer est calme. Les airs favorables. Au loin, de lourds nuages chargés d'orages. Nous avançons vers l'île de Lapulapu. Un arc-en-ciel apparaît de plus en plus précis au gré de l'aurore et du soleil rasant l'horizon.
« Mauvais présage, susurre mon ami Bossugh.
– Pourquoi donc ? rétorquai-je.
– Tu as sans doute oublié. Tu as dû partir si jeune, Patokin.

Dans nos îles, nous croyons que ceux qui touchent le pied d'un arc-en-ciel meurent aussitôt foudroyés.
– C'est très curieux, mon cher Bossugh. Vraiment très curieux. Je viens de faire le tour du monde. J'ai vu beaucoup de pays et entendu beaucoup de croyances. Sais-tu qu'en Europe les gens croient exactement le contraire ? Ils croient qu'au pied d'un arc-en-ciel gît un trésor ! »
Bossugh me regarde, effrayé.
« Alors, c'est la fin des haricots ! »
Les marins en armes larguent trois chaloupes. Magellan sort de sa cabine. Sa cuirasse de guerre luit dans les premiers rayons du soleil.
« Henrique ! Je vais faire un peu d'exercice. Tu restes ici. Tu es mon ami. Toi seul as ma confiance. Du haut de la vigie, tu veilleras. L'état de la mer ne nous permet pas d'avancer plus avant. Tant pis ! Nous nous passerons des canons ! Tu vas contempler une petite bataille au corps à corps et je reprendrai ma route pour Ternate ! »
Le fidèle Serrano veut combattre aux côtés du capitaine-général. Rarement l'œil de Magellan pétille tant. Du haut du grand mât de la *Trinidad*, assis en tailleur, je balance lentement, perché à mon poste d'observation. La mer retire ses vagues, les soldats souquent dur contre le courant qui veut les éloigner de Mactan.

– Pour les protéger ?

– Ou les empêcher d'aller vers la mort ?

– Sans doute. Les marins fatigués ne sont guère combatifs. Serrano les exhorte à ramer. Je vois ses gestes. Son épée fend l'air. L'équipée patauge, serpente au milieu de patates de corail, avance, pataude, avec ses armures trop lourdes et ses arquebuses, vers le rivage de sable, encore loin du pied de l'arc-en-ciel. Soudain, des mouches ? Non ! Une pluie de flèches monte vers les hauts nuages et s'abat sur les compagnons de Magellan. Autour des chaloupes, l'eau bleue rougit. La moitié des hommes est touchée. Magellan, encadré d'une douzaine de marins armés, marche péniblement dans l'eau. Serrano le protège. Une flèche touche l'amiral à la joue. Il saigne. Il enlève sa salade[14] et la jette au loin. Contre qui se bat-il ? Pas d'ennemis en vue ! Trois hommes atteignent le rivage. Aussitôt, mille criards surgissent de la forêt. Ils envahissent la plage et massacrent les malheureux, les derniers remparts du capitaine-général. Magellan titube, Serrano le soutient. L'amiral fait mine de regagner une chaloupe. Je le vois distinctement : il est au pied de l'arc-en-ciel ! Une seconde flèche l'atteint au genou. Que fait-il ? Pourquoi ôte-t-il son plastron de cuir et de fer ? Il est encore plus vulnérable ! Mon ami Magellan s'effondre et

14. Casque des Conquistadors.

disparaît dans l'eau. Serrano reçoit une flèche dans le ventre. Il se cache sous la cuirasse de son frère d'armes. Les vautours de Lapulapu enragent. Ces déments n'ont plus d'ennemis à se mettre sous la dent. Hagards, ils fouillent les vagues en vain, s'acharnent sur les cadavres flottants, ils piquent le vent au hasard, bref, ils n'y voient que du feu. Dans leur folie aveugle, certains se tuent entre eux à coups de hache et de massue. Je comprends le jeu de Magellan. Espadon invisible, il nage au fond de l'océan. Mais il saigne. Et les requins rôdent.
Les guerriers du roi Lapulapu se précipitent sur la cuirasse de Magellan et emportent un corps dans la forêt, persuadés d'avoir capturé le cadavre du capitaine-général.

– Et après ?

– Et après ?

– L'arc-en-ciel disparaît. La marée est au plus bas. D'en haut, j'entends la rumeur qui enfle : l'amiral est mort ! L'amiral a été tué ! Duarte Barbosa sourit. Sébastien Del Cano s'entretient avec lui. Pigafetta sanglote. L'Italien gémit : « Ces sauvages ont occis notre miroir, notre lumière, notre vrai guide ! »
Trêve de lamentation, voici derechef l'ennemi. Le roi Lapulapu arrive sur la plage du combat. Escorté par ses redoutables guerriers, il nargue les vaincus. Sous la

menace de deux lances pointues, s'avance vers le rivage un homme blessé. Sa voix est nette. On reconnaît Serrano ! Lapulapu lève la main. Serrano hurle : « Un canon ! Envoyez un canon sur une chaloupe ! Lapulapu veut m'échanger contre un canon ! Au secours ! Envoyez vite un canon et sauvez ma vie ! »
Del Cano ricane. Barbosa hausse les épaules : « Serrano ? Mais qui est Serrano ? A-t-on des nouvelles de Magellan ? Non ! Messieurs, par la volonté de Dieu et du roi Charles, veuillez voir en ma modeste personne votre nouveau capitaine-général ! Rompez ! Larguez les amarres ! Cap à Cebu ! Le temps de charger l'or et les épices, nous rentrons en Espagne ! » L'escadre s'éloigne. L'obéissance est la loi des marins. Les cris de Serrano résonnent dans mes oreilles coupables. Nul ne sait plus à quel saint se vouer.

– Par saint Jacques !

– Par saint Elme !

– Duarte Barbosa m'ordonne de descendre du mât. Sébastien Del Cano m'attend avec un fouet. « Esclave de Magellan, ton maître est mort, nous rentrons en Espagne ! » Ils ne peuvent me tuer, ils ont besoin de moi à Cebu comme interprète. Sitôt l'ancre levée, Bossugh me dit : « Enfuyons-nous de ce maudit navire espagnol ! Je connais bien l'île de Mactan. Allons chercher Patoki ! Des

amis nous aideront ! Patokin, détachons une chaloupe et partons ! » Bossugh me montre la voie. Son doigt désigne un cap. « D'accord ! Détache un canot ! Je dois emporter le coffre blanc de Magellan. C'est très important ! »
Sous les feux nourris des bombardes, nous avons atteint une petite péninsule. Nous avons eu de la chance. Au fond, les Espagnols devaient bien se moquer de notre fuite.

– Lapulapu ne vous a pas pourchassés ?

– Comment avez-vous fait ?

– Bossugh est très malin. « Cachons ton kriss et ton coffre dans le sable, Patokin, et rejetons le canot à la mer ! Attends-moi sous ce palmier, je reviens. »
– Patokin ! Réveille-toi ! J'ai trouvé un moyen !
– Un moyen ?
– Voilà. Un de mes amis est l'un des chefs de guerre de Lapulapu. Il est d'accord pour nous enrôler !
– Nous enrôler ?
– Oui, nous allons faire partie des guerriers de Lapulapu !
– Vraiment ?
– C'est une ruse, Patokin, c'est une ruse !
– C'est vrai Bossugh, tu es le roi de l'arc.
– Et toi le roi du kriss !
– Et Patoki ! As-tu des nouvelles de Patoki ?

– Il y a bien une Patoki, mais elle est très jeune et… c'est une des esclaves favorites de Lapulapu… Ils vont se marier demain !
– Cela devient compliqué… Allons voir !
– Ce n'est pas tout, Patokin, ce n'est pas tout !
– Parle, Bossugh, parle donc, que diable !
– Magellan est vivant !
– Je m'en doutais. Magellan peut imiter les poissons.
– Viens !

– Magellan est vivant ?
s'étonne Tambo.

– Les requins ne l'ont donc pas dévoré !
espère Stombi.

– Bossugh porte une lance, un arc et des flèches. Mon kriss passe inaperçu. L'armée de Lapulapu est composée de tant de guerriers différents. C'est fou ce que l'or permet !

– Et Patoki ?

– Est-ce bien elle ?

– Heureusement, la jeune Patoki de Lapulapu n'est pas la Patoki de mon enfance. La favorite de Lapulapu a les yeux noirs ! Je respire. Lapulapu s'approche de moi, caresse mon kriss.

« Tu as fricoté avec les Arabes ou avec les Chinois ? »
– Avec les deux, ô grand roi Lapulapu, avec les Espagnols aussi. »
Alors Lapulapu s'exclame :
« L'esclave des Espagnols est mon ami, viens ! Tu parles espagnol ?
– Oui. »
Lapulapu poursuit :
« Mon guérisseur tente de soigner un grand chef très courageux. Il se battait sous l'eau avec un requin. Nous l'avons trouvé à la tombée de la nuit sous un arbre. Il a perdu beaucoup de sang. Ce guerrier mérite tout mon respect. Il est aussi rusé que moi. Je tiens à le garder en vie, car il peut nous apprendre beaucoup de choses. Suis-moi ! »

– Lapulapu a sauvé Magellan ?

– Pour connaître les secrets des armes espagnoles !

– Le roi de Mactan me conduit au chevet de Magellan. Il semble dormir. Agenouillée auprès de lui, une femme, de dos, prépare un breuvage. Lapulapu ordonne à la femme de sortir. Je n'ai pas le temps de la voir.
« Patokin, dis à ce chef espagnol dans son langage, que s'il me dévoile le secret de ses armes, j'accomplirai ses désirs. »

C'est la première fois que je parle à Magellan en homme vraiment libre. Ses yeux clignotent. Il comprend. À voix basse, il lance : « Ternate ! Je veux aller à Ternate et retrouver mon ami Francisco ! J'ai accompli mon destin. Dis à ce roitelet que je lui expliquerai le secret de l'arquebuse et du canon. Mais ne parle pas de la boussole et de l'astrolabe, des sabliers et des cartes… As-tu sauvé le coffre blanc ? Il est en lieu sûr ? Merci Henrique, tu me sauves la vie encore une fois ! Je sais que je n'aurai pas assez de forces pour retourner en Espagne. Prie pour mes enfants et leur mère, Henrique, et puissent-ils me pardonner… Puissent-ils un jour comprendre qui est vraiment leur père. Ternate est mon ultime désir. »
J'explique le vœu du capitaine-général à Lapulapu qui opine du chef. Ternate ? Une formalité ! Lapulapu est en commerce avec le sultan de Ternate de longue date !
Lapulapu souhaite désormais me remercier. Je lui demande la permission pour Bossugh et moi-même d'aller et venir à ma guise. Accordé !

– Enfin libre !

– Vraiment libre !

– Oui, vraiment libre ! Mon ami Bossugh est heureux.
« Patokin, je pars pour l'île de Palilo. Viens avec moi.
– Pourquoi Palilo ? Je veux retrouver Patoka, l'île de mon enfance.

– Patoka a été saccagée par les Espagnols. Toute la tribu du chef Toka a été décimée. Seule, la cascade est intacte…
– Qui donc t'a raconté tout cela ?
– Mais la guérisseuse de Palilo : la jolie Dolo ! »

– Dolo ?

– Dolo ? Dolo connaît Patoka ?
Dolo a connu la cascade ?

– « Justement la voilà ! » me dit Bossugh.
Je me retourne et…
Pardon Dolo. Je raconte comme si tu n'étais pas là. Et tu le sais, tu as toujours été là, à mes côtés, au creux de mon cœur. Durant tout ce temps. Depuis tant de temps. Si loin, si près. Ma force, mon âme.
Je me retourne et vois la plus belle femme du monde. Nos yeux se fixent. Ils s'attachent. Son regard paralyse mon regard. Elle semble hypnotisée. Nos bras se tendent, nos mains se joignent. Nos doigts se croisent. Impossible de quitter ces grands yeux vert marin. Les pupilles sont des îles. L'iris jaune paille irrigue en paillettes les couronnes d'un bleu océan.
Je vois Patoki et Patoki me reconnaît. La petite fille est devenue une grande dame. Je revois, je revis mon périple. Nul ne peut dire qui le premier a fait le tour du monde. Ce que je sais, c'est que j'ai eu la chance de faire le tour

de mon propre monde. J'ai commencé dans l'eau, Toti. Les vagues, les petits requins et le jeu de la cascade avec les serpents. Puis le mensonge et la trahison m'ont banni de mon propre clan, m'ont rejeté loin de ma famille et de Patoki.

Patoki, ma boussole. Patoki ne m'a jamais quitté. Patoki est là. Là, avec vous depuis toujours. Avec nous. Avec moi. Je ne quitterai plus Dolo. Patoki, l'unique étoile de mon périple.

– Allons les enfants,
il est temps de rejoindre la cascade de Patoka, dit Dolo,
une larme au coin de l'œil.

– C'est loin d'ici ? Allons vite !

– Mais… où vas-tu Henrique ?

– Patience, dit Dolo, le voici qui revient.

– Le coffre de bois blanc !

– Le coffre de Magellan !

– Oui. Il est à vous. Ceci est le carnet de bord de Magellan. Il ne reste que quelques feuillets délavés par l'eau salée. Tiens, Tambo. Ce rouleau est à toi désormais. Garde-le précieusement.

– Merci Henrique… Et Stombi ?

– La boule ! La boule Terre !

– Oui, Stombi. Le globe de Martin Benhaim est pour toi.

– Merci beaucoup, Henrique.

– Maintenant, nous pouvons partir, sourit Dolo.

– Oui ! Allons ! Si mes observations du ciel de ce soir sont justes, l'éclipse de votre enfance approche. Allons de l'autre côté de la colline de *Shrih Com' Bah*. Après le village des pêcheurs. Si vous avez assez de courage pour

marcher environ trois heures, traverser un bras de mer en pirogue, puis marcher encore un peu, alors nous boirons peut-être du lait de coco avec l'ami Magellan et son complice Francisco Serrao.

– Depuis tout ce temps…

– Ils doivent être bien vieux !

– Ils sont très très vieux, mais ils sont vivants.

– Ils nous diront pourquoi la mer est bleue ?

– La mer n'est pas toujours bleue… Mais ils savent depuis longtemps que la terre, c'est la mer. La mer. Seule. Toti. L'eau. Tout. De l'eau, rien que de l'eau. N'est-ce pas, Patoki ?

– Oui, Patokin. Mon Patokin.

Océan
Pacifique

SUR LES TRACES DE MAGELLAN

Les grandes dates de l'expédition de Magellan

1519

10 AOÛT : L'expédition, menée par Magellan, quitte Séville.

20 SEPTEMBRE : Après une halte à Sanlucar de Barrameda (au sud de l'Espagne), les cinq navires (la *Trinidad*, le navire amiral, suivi du *San Antonio*, de la *Concepcion*, de la *Victoria*, enfin du *Santiago*), et leurs équipages, qui comptent près de deux cent trente-sept hommes, prennent le départ.

13 DÉCEMBRE : Arrivée dans la baie de Santa Lucia (Rio de Janeiro, Brésil).

1520

12 JANVIER : Début d'exploration de l'estuaire du Rio de la Plata (Uruguay/Argentine).

31 MARS : Escale dans la baie de Puerto San Jullian (Patagonie, Argentine)

1ER AVRIL : Mutinerie de San Jullian.

3 MAI : Naufrage du *Santiago*.

21 OCTOBRE : Découverte du cap Virgenes (cap des Vierges), qui marque l'entrée du détroit, ou Canal de Tous-les-Saints, qui va devenir le détroit de Magellan.

8 NOVEMBRE : Le *San Antonio* quitte l'expédition et rentre à Séville.

28 NOVEMBRE : Entrée de la flotte, qui ne compte plus désormais que trois navires, dans l'océan Pacifique.

1521

6 MARS : Arrivée aux îles Mariannes, à la frontière de la mer des Philippines.

7 AVRIL : Arrivée à l'île de Cebu (archipel des Philippines), où Magellan est accueilli avec une grande cordialité par le rajah Humabon qui règne sur l'île.

27 AVRIL : Mort de Magellan et de six autres hommes, tués par les indigènes de l'île de Mactan, île ennemie de Cebu que Magellan avait décidé de rejoindre pour donner une leçon à ce peuple rebelle.

2 MAI : Destruction volontaire de la *Concepcion* par le reste de l'équipage.

8 NOVEMBRE : Les deux derniers navires de l'expédition, la *Trinidad* et la *Victoria*, atteignent l'archipel des Moluques (Indonésie) et font escale sur l'île de Tidore.

21 DÉCEMBRE : Départ de la *Victoria*, chargée de clous de girofle, pour l'Espagne sous le commandement de Sébastien Del Cano.

19 MAI : La *Victoria* passe le cap de Bonne-Espérance, tandis que la *Trinidad* tente un retour vers l'Espagne par l'est.

1522

6 SEPTEMBRE : La *Victoria*, avec à son bord 18 Européens et 3 Moluquois, accoste à Sanlucar de Barrameda. L'expédition initiée par Magellan a donc réussi la première circumnavigation (tour du monde par les voies maritimes).

Le voyage de Magellan

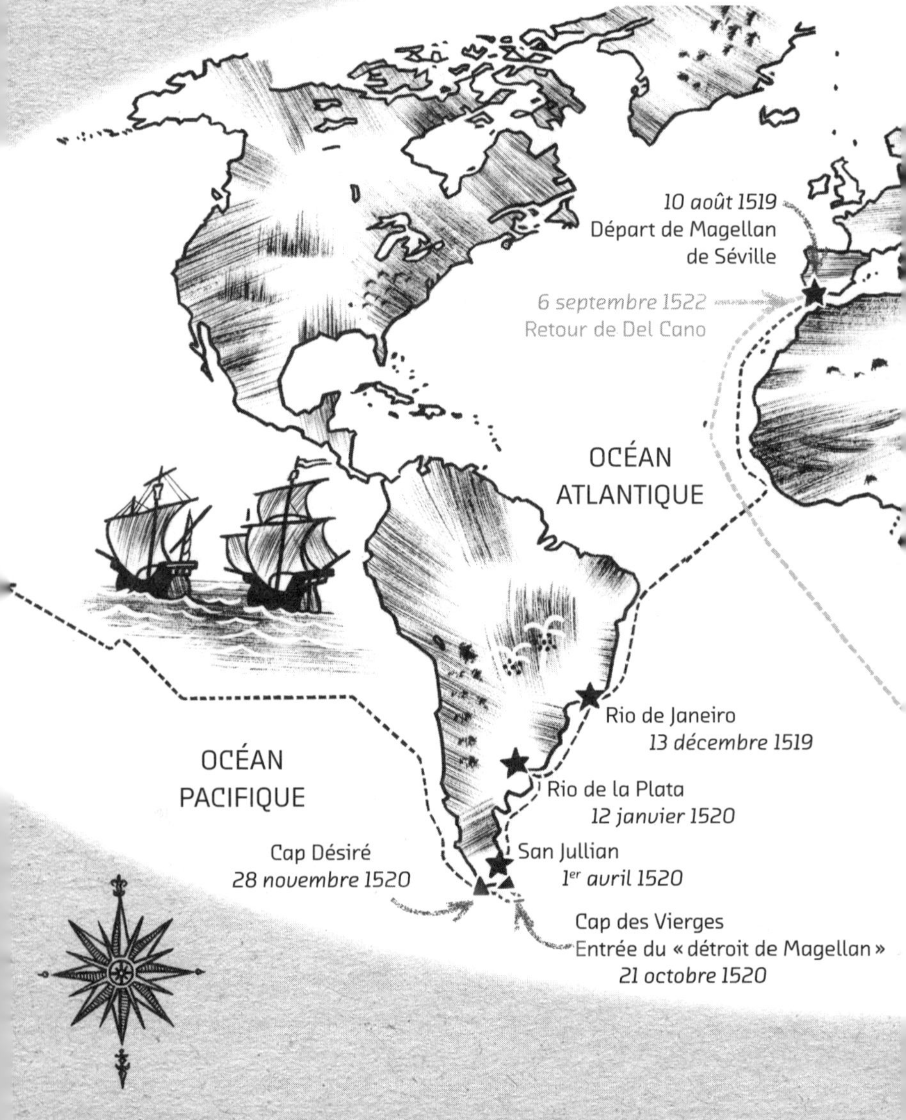

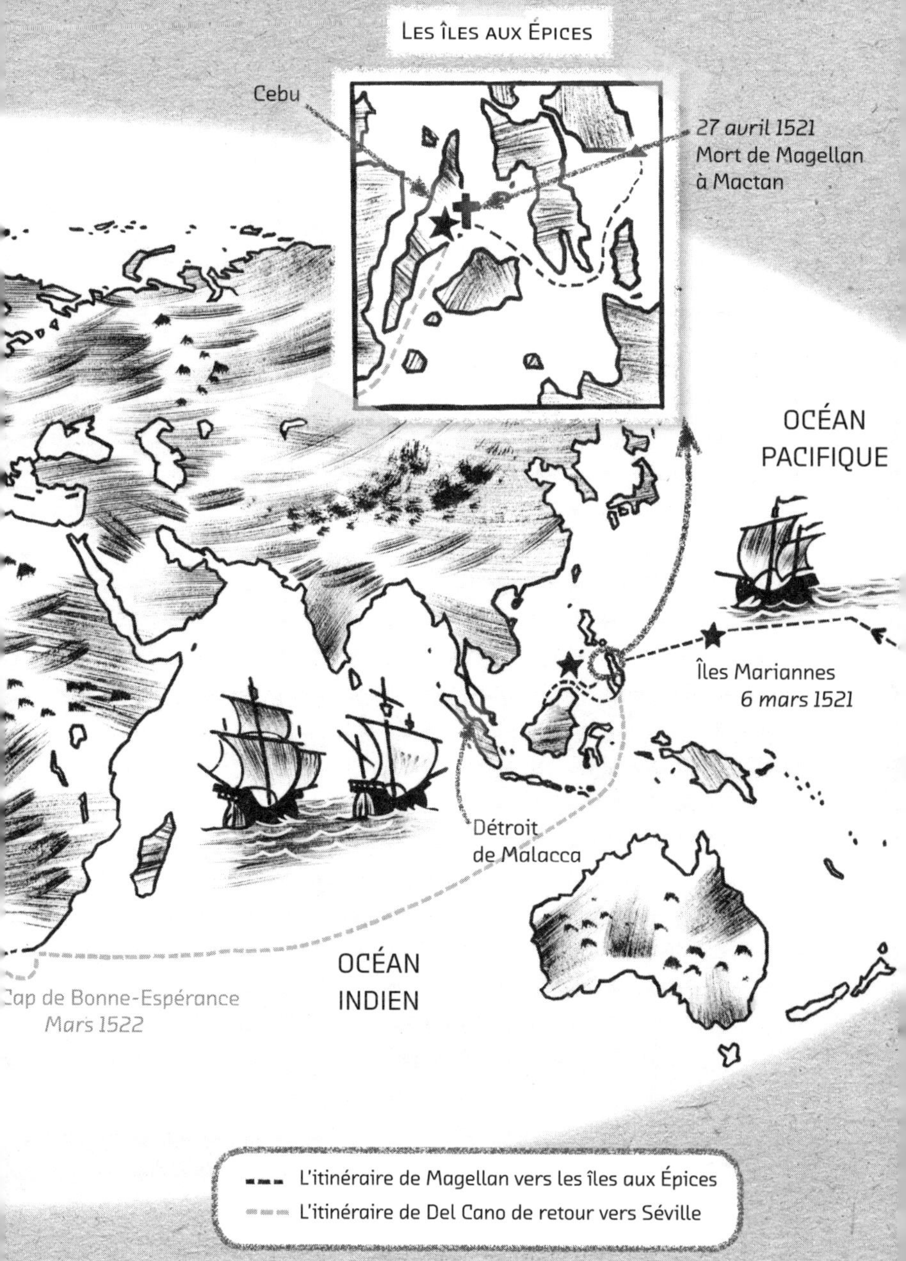
Les îles aux Épices
Cebu
27 avril 1521
Mort de Magellan
à Mactan
OCÉAN
PACIFIQUE
Îles Mariannes
6 mars 1521
Détroit
de Malacca
OCÉAN
INDIEN
Cap de Bonne-Espérance
Mars 1522
L'itinéraire de Magellan vers les îles aux Épices
L'itinéraire de Del Cano de retour vers Séville

Dans la lignée des grands explorateurs

Aujourd'hui, le monde paraît à notre portée, mais il y a 500 ans de nombreux horizons lointains étaient inconnus, au bout du monde. Sans conteste, le voyage de Magellan a ouvert les portes du monde tel que nous le connaissons.

Avant Magellan, Marco Polo a gagné la Chine en parcourant la route de la Soie (au XIIIe siècle) ; Zheng He, explorateur chinois, est parti à la découverte du Moyen-Orient (au début du XVe siècle) ; Christophe Colomb a découvert l'Amérique en 1492 et, cinq ans plus tard, Vasco de Gama a ouvert la voie maritime vers les Indes.

Après Magellan et sa découverte du passage permettant d'atteindre les Indes par le sud de l'Amérique, Jacques Cartier, à la demande de François Ier, s'en va chercher le Passage du nord-ouest et explore en 1534 la baie du Saint-Laurent (partie de la Nouvelle France, le Québec actuel). Puis en 1571, Francis Drake devient le premier Anglais à accomplir une circumnavigation.

Qui était Magellan ?

Fernand de Magellan (1480-1521) est né au Portugal. Soldat courageux, il est aussi un marin expérimenté.

En 1511, sous la bannière portugaise, il a participé à la conquête de Malacca (le plus ancien port de Malaisie) sous les ordres d'Albuquerque (militaire et explorateur portugais qui a mené l'expansion portugaise en Orient).

Puis Magellan a guerroyé au Maroc, où il fut blessé à la jambe. Ses faits d'armes n'ayant pas été suffisamment reconnus par le roi Manuel Ier de Portugal, Magellan décide de soumettre son projet d'une nouvelle voie maritime vers les îles aux Épices (les épices représentent à l'époque une grande richesse) au tout jeune roi d'Espagne, Charles Ier (le futur Charles Quint).

Un astrolabe

Magellan possède les trois caractères du grand découvreur : la force d'âme, les talents techniques et la vision. Sa vision n'est cependant pas le tour du monde, mais l'ouverture d'une voie nouvelle de navigation pour enrichir l'Espagne qui finance son expédition.

En soutenant Magellan, Charles Ier prend peu de risques et il va acquérir de larges territoires. Les Philippines doivent ainsi leur nom à Philippe II, qui succède à son père en 1556. Dans le contexte de guerre sainte qui anime alors l'Espagne (l'Inquisition espagnole, qui prône la foi catholique comme identité nationale, bat alors son plein), conquérir la route des Épices, c'est aussi convertir les populations indigènes au christianisme. Après la découverte des Philippines par Magellan, les Conquistadors (ces soldats-explorateurs espagnols ou portugais qui conquièrent de nouvelles terres au nom de leur roi) vont se montrer particulièrement violents à l'encontre des populations indigènes.

Portulan (1519). Planche du Brésil, Atlas Miller.
De belles images… mais qui ne facilitent guère une navigation précise !

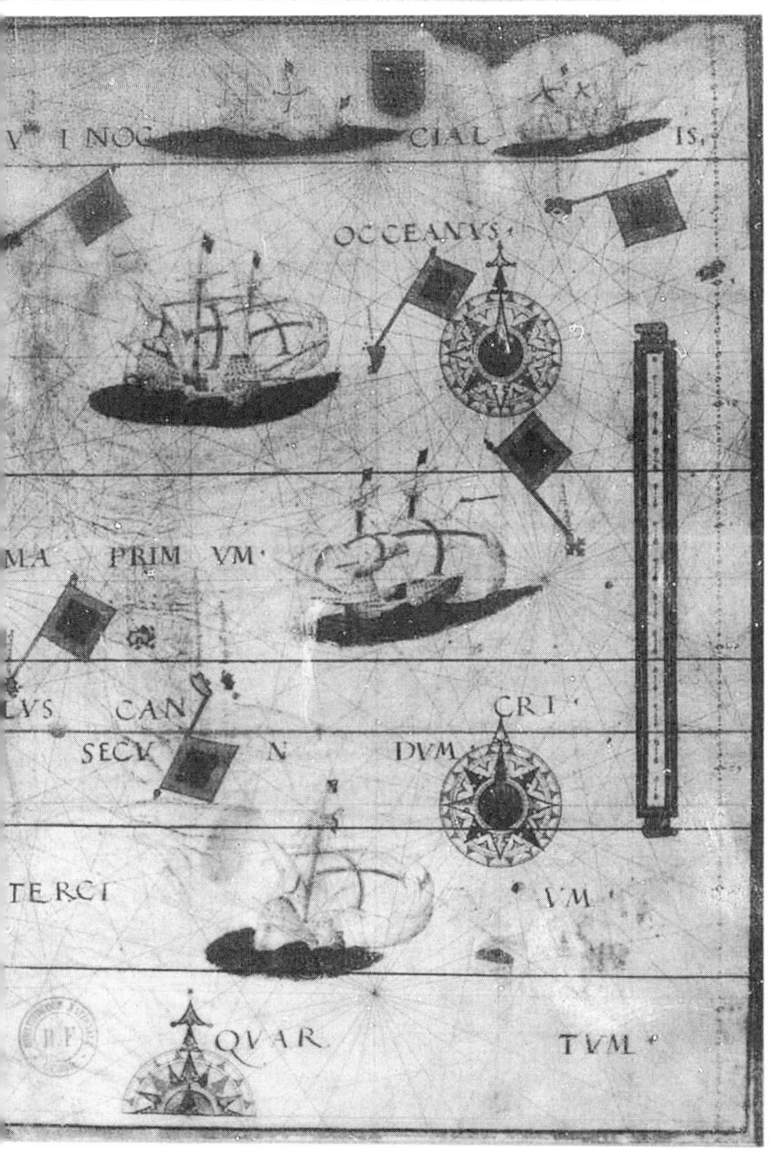

Vm I NOC CIAL IS.
OCCEANVS.
MA PRIM VM.
LVS CAN CRI
SECV N DVM.
TERCI VM
QVAR TVM

Une grande expédition avec peu de moyens

Magellan a imaginé une nouvelle voie maritime, il a ouvert le détroit qui porte son nom. Ce grand navigateur a fait beaucoup avec peu de moyens. En ce début de XVIe siècle, les outils de navigation dont il disposait étaient en effet loin d'être précis.

À l'époque, les **boussoles** indiquent le Nord magnétique qui est à quelques degrés du pôle Nord géographique, si bien qu'il convient de recalculer sans cesse la bonne direction.

Les **cartes** sont sommaires et grossièrement dessinées. Les tracés des **portulans**, des cartes maritimes enluminées, renvoient aux directions de la boussole, mais leur fiabilité reste approximative. Parchemins précieux et rares, les portulans sont toutefois l'objet de convoitise, de complots et de trafics. De vrais secrets d'État !

Les **astrolabes** permettent de se situer « en hauteur », donc de donner une position assez précise de la latitude (axe Nord/Sud), mais aucun instrument ne calcule la longitude.

Les navires de Magellan, **nefs** ou encore **caraques**, sont de lourds bateaux de commerce, qui offraient peu d'espace au grand nombre d'hommes à leur bord (La *Victoria* mesurait environ 26 mètres de long !).

Enfin, les connaissances astronomiques sont à l'époque balbutiantes. Ptolémée est encore la référence. Mais ce savant grec du Ier siècle a calculé le diamètre de la terre plus petit qu'il ne l'est réellement. Ainsi, même les plus avertis, dont Magellan, sont persuadés que la mer du Sud (que Magellan va baptiser océan Pacifique mais qui a été découverte par l'explorateur espagnol Balboa en 1513) est grosso modo de même dimension que l'océan Atlantique…

Pourquoi l'histoire de Magellan est-elle restée si longtemps méconnue ?

1. Parce que Magellan est mort au milieu de l'expédition, et que c'est Sébastien Del Cano qui a réellement accompli la circumnavigation.
2. Parce que Magellan n'a jamais eu le projet de faire le tour du monde. Le but de son expédition était de trouver une autre voie vers les îles aux Épices et de conquérir de nouveaux territoires pour la couronne d'Espagne.
3. Parce que Magellan n'était guère apprécié des Espagnols, et qu'il a longtemps été perçu comme un traître par son pays natal, le Portugal.
4. Parce que le récit de Pigafetta (publié aux environs de 1525), quoique remarquable, est très subjectif.
5. Parce que Magellan n'a pas prouvé que la terre était ronde : on le savait depuis longtemps, et Magellan le savait, même si beaucoup en ont longtemps douté.

La mort de Magellan

On sait peu de choses sur les premières années de Magellan, et on n'en sait guère plus sur les circonstances de sa mort. Pourquoi ce marin si aguerri et éclairé s'est-il lancé dans une rixe ridicule contre le rajah Lapulapu qui règne sur l'île de Mactan ? Aucun motif sérieux n'explique cet étrange tableau. Entre le piège et la trahison, le désir d'en découdre et l'absence de réflexion, toutes les hypothèses restent ouvertes... y compris l'hypothèse romanesque d'une vie de Magellan après le 27 avril 1521.

Table des matières

Dans la même collection

Tamir et le Loup des steppes, M. et S. Alaux, 2012

Les Fils de la forêt, R.-M. Bayle, 2010

Vont-ils réussir à sauver Kokom ? F. Beiger, 2004

Le Mystère de l'île d'Akpatok, F. Beiger, 2004

Dan sur la piste des trappeurs, F. Beiger, 2005

Sur la route des bûcherons, F. Beiger, 2005

Danger sur la Gatineau, F. Beiger, 2009

Ituk à la rencontre de l'ours blanc, F. Beiger, 2013

Le Secret de la déesse Bastet, M. Cosem, 2006

L'Or de Pharaon, M. Cosem, 2009

Vacances en brousse, M.-F. Ebokéa, 2006

Le Voyage à Matinkin, M.-F. Ebokéa, 2011

Survivre au Kalahari, P. Frey, 2004

Ulysse.com, J.-P. Gourévitch, 2005

Pompéi.com, J.-P. Gourévitch, 2008

Pharaons.com, J.-P. Gourévitch, 2010

Anders au cœur de la Terre, E. Hussenet, 2005

Anders face au Maître de cristal, E. Hussenet, 2006

Anders et le Grand Tremblement, E. Hussenet, 2007

Le Manteau d'images, G. Joly, 2005

Je t'écris de Sibérie, G. Joly, 2006

Le Cosaque au tigre, G. Joly, 2008

Dans le désert des hommes bleus, G. Joly, 2012

La Voix du jaguar, N. Léger-Cresson et C. Ruiz, 2006

Monsieur Poivre, voleur d'épices, J.-Y. Loude, 2005

Tanuk le maudit, J.-Y. Loude, 2007

Les poissons viennent de la forêt, J.-Y. Loude, 2011

Remerciements

Christiane B. Évidemment.
Michel Host, pour son soutien permanent.
Viviane Lièvre et Jean-Yves Loude, pour leur enthousiasme.

À la mémoire de Janine Sire, partie trop tôt, trop loin.

http://didierbazy.wordpress.com/

http://alaincorbel-cos.blogspot.fr/

Suivez *L'Ami de Magellan* sur Twitter : @LamideMagellan

Crédits photographiques
Couverture (hd) : Istockphoto/Thinkstock
Page 176 : Istockphoto/Thinkstock
Page 177 : © Photo Josse/Leemage
Pages 178-179 : BnF, Paris.

IMPRIM'VERT®

Imprimé en France par la Nouvelle Imprimerie LABALLERY à Clamecy
N° d'édition : 007538-01 - N° d'imprimeur : 302203
Dépôt légal : mars 2013

perfect days

Sabine Szymanski

Das kleine Buch vom
Lebensmut

schlütersche

Bibliografische Information der Deutschen Nationalbibliothek
Die Deutsche Nationalbibliothek verzeichnet diese Publikation in der Deutschen Nationalbibliografie; detaillierte bibliografische Daten sind im Internet über http://dnb.ddb.de abrufbar.

ISBN: 978-3-89993-809-8

Die im Folgenden verwendeten Personen- und Berufsbezeichnungen stehen immer gleichwertig für beide Geschlechter, auch wenn sie nur in einer Form benannt sind.

Titelfoto:	Sergey Tokarev, www.fotolia.de
Fotos:	www.fotolia.de
Layout & Satz:	Michael Fröhlich, Hannover
Druck & Bindung:	Mohn media Mohndruck GmbH, Gütersloh

Ich danke meiner Lektorin Claudia Flöer
dafür, dass sie ein Fels in der Brandung ist,
meinem Mann Dietmar Schlüter für all die
24 Stunden sowie meinen Freundinnen, Verwandten,
Klient/innen und Kursteilnehmer/innen
für alles, was sie mit mir geteilt haben.

Trinke Mut des reinen Lebens!

*Johann Wolfgang von Goethe**

** Mit einem * gekennzeichnete Namen und Begriffe werden im Glossar am Ende des Buches erläutert.*

INHALT

EINLEITUNG

Als das Thema dieses Buches – Lebensmut – zum ersten Mal im Gespräch war, steckte ich tief in der Beschäftigung mit seinem Gegenteil: der Angst.

Viele Menschen, mit denen ich in Beratungsgesprächen oder in Seminaren zusammenarbeite, haben mehr Angst, als ihnen guttut. Sie haben Angst vor den Erinnerungen an eine schmerzliche Vergangenheit. Sie haben Angst, die Aufgaben der Gegenwart nicht bewältigen zu können. Und sie haben Angst vor einer Zukunft, die ihnen noch mehr nicht zu bewältigende Aufgaben zu stellen scheint.

Lebensmut schien mir tatsächlich das zu sein, was sie brauchten. Doch ist es nicht naiv, mutig und vielleicht sogar noch voller Zuversicht im Leben zu stehen? Mir fiel sofort ein Bonmot ein, das mich seit meiner Jugend begleitet: „Mut ist Mangel an Information."

Steckt nicht darin die Wahrheit des Informationszeitalters? Wir wissen so viel, oder wir glauben so viel zu wissen. Wir erfahren von schrecklichen Ereignissen aus Weltgegenden, von deren Existenz die Menschen früherer Jahrhunderte überhaupt keine Kenntnis hatten. Familientragödien, Wirtschaftskrisen, politische Fehlentscheidungen, Unfälle, Naturkatastrophen weltweit.

Könnte Louis Armstrong* seinen Erfolgstitel „What a wonderful world“ heute noch mit Überzeugungskraft singen? Bleibt dem informierten Menschen des 21. Jahrhunderts nichts anderes übrig, als mutlos zu sein? Ist Angst nicht eine vernünftigere Haltung als Lebensmut?

Ein weiteres Zitat, das mir beim Nachdenken über Lebensmut sofort in den Sinn kam, stammt von Friedrich Schiller*: „Mut hat auch der Mameluck, Gehorsam ist des Christen Schmuck.“ In dieser Zeile steckt die Aufforderung, sich an Regeln zu halten, statt sie mutig zu durchbrechen.

Einige meiner Klienten haben, teils bewusst, teils unbewusst, diesen Weg gewählt, der allgegenwärtigen Angst, der Sorge und der Ungewissheit des modernen Lebens zu begegnen. Sie suchen nach Regeln, an die sie sich zu halten versuchen: Kein rotes Fleisch essen. Dreimal in der Woche Sport treiben. Jedes Jahr am Geburtstag im Büro ein Frühstück ausgeben. Das klingt vernünftig und gibt Sicherheit.

Doch dass Regeln auch entarten können, zeigt sich besonders am Schicksal von Menschen mit Zwangsstörungen*. Wer eines Tages an sich erlebt, dass er sich 20 Mal am Tag die Hände waschen muss, spürt verzweifelt, wie sinnvolle Regeln, einmal streng ritualisiert, sinnentleert werden. Da braucht es Mut, aus dem Zwangsritual auszubrechen.

---

* *Zehn Prozent der Bevölkerung haben behandlungsbedürftige Angstsymptome. Acht Prozent der Bevölkerung haben einzelne Zwangssymptome, vgl. Möller, Laux, Deister 1995*

Und was kommt dann? Meine Psychologielehrerin gab mir vor Jahren den Merksatz: „Wird der Zwang aufgegeben, kommt die Angst zum Vorschein."

Ich soll also Mut einsetzen, um den Zwang zu überwinden und dann nichts finden als Angst? Das scheint mir kein besonders attraktives Ziel zu sein.

Als ich an diesem Punkt des Nachdenkens angelangt war, hatte ich Feuer gefangen. Ich begann dieses Buch.

Welche Rolle spielt Angst in unserem Leben? Wie lässt sich Mut definieren und wozu benötigen wir ihn? Was kann uns ermutigen, auch wenn wir bereit sind, den Schwierigkeiten des 21. Jahrhunderts nüchtern ins Auge zu schauen?

Ich habe dieses Buch geschrieben, weil ich daran glaube, dass es möglich und sinnvoll ist, Mut zu fassen. Ich glaube, dass es möglich und klug ist, das Leben mutig, kraftvoll und liebevoll zu leben.

Mutig ist nicht der, der ohne Angst ist.
Mutig ist man trotz der Angst.

Sabine Szymanski

Foto: Bertrand Benoit · www.fotolia.de

1. TEIL

MUT UND ANGST, DIE SIAMESISCHEN ZWILLINGE

Wenn wir uns mit Mut befassen, sollten wir zuerst das Wesen der Angst verstehen, denn Angst und Mut sind miteinander verbunden wie siamesische Zwillinge. Wenn wir in Angst und Verzagtheit feststecken, neigen wir dazu, mutige Menschen zu beneiden.

Wir hören von Menschen, die hohe Berggipfel besteigen und denken, dass sie keine Angst haben.
Wir hören von Menschen, die andere aus Gefahren gerettet haben und denken, dass sie keine Angst haben.
Wir hören von Menschen, die besondere künstlerische Leistungen bringen und denken, dass sie keine Angst haben.
Wir hören von Menschen, die für ihre Glaubensüberzeugungen einstehen und denken, dass sie keine Angst haben.

Das ist gar nicht möglich. Angst ist ein Gefühl, das jeder Mensch verspürt. Allerdings sind die Menschen unterschiedlich ängstlich. Wie jedes Persönlichkeitsmerkmal ist auch die Neigung zur Ängstlichkeit und Vorsicht teils angeboren, teils durch Erfahrung – auch in ganz früher Kindheit – erworben.

Der Psychologe Fritz Riemann* hat sogar die besondere Art der Angst, die bei einem Menschen vorherrscht, als Grundlage für seine Persönlichkeitstypologie genutzt. Nach Riemann gibt es vier große menschliche Ängste, die jeder von uns verspürt – allerdings in unterschiedlicher Mischung. Die Art der Mischung, so Riemann, macht unseren Persönlichkeitstypus aus.

Riemann vergleicht diese Grundängste des Menschen mit Grundkräften, die auf der Erde und im Weltall herrschen: mit der Schwerkraft, der Fliehkraft, mit dem Drehen der Himmelskörper um sich selbst und dem Drehen um andere.

Die vier Grundformen der Angst

Den Menschen, der sich am wohlsten fühlt, wenn sein Leben vor allem den Gesetzen der Schwerkraft folgt, nennt Riemann den zwanghaften Persönlichkeitstypus. Der Zwanghafte liebt es, wenn die Dinge geordnet, überschaubar und vor allem unveränderlich sind. Seine Hauptangst ist die Angst vor dem Wandel.

Sein Gegentypus, die hysterische Persönlichkeit, könnte „auswachsen", wenn immer alles gleich bleibt. Er liebt die Veränderung und will mit der Fliehkraft hinaus in die unbekannten Weiten des Weltalls. Seine Hauptangst ist die Angst vor der Stagnation, vor dem Unveränderlichen.

Das beschäftigt den dritten Typ, den Schizoiden, wenig. Er lebt vorwiegend die Eigendrehung und ist sich meist selbst genug. In Angst gerät er vor allem, wenn er Nähe und Abhängigkeit von anderen Menschen erlebt.

Das wiederum kann der vierte Typ, der Depressive, nicht verstehen. Seine natürliche Bewegung scheint ihm die Drehung um andere zu sein. Er fühlt sich am wohlsten, wenn er Nähe und Anregung von anderen Menschen erleben kann und hat besondere Angst vor Verlust, Trennung und im tiefsten Kern vor der Ich-Werdung.

Selten gibt es einen dieser Typen in Reinkultur. Irgendwann einmal erleben wir jede der vier Grundängste, doch meist haben wir eine „schwache Stelle" und wir reagieren immer mit Angst, wenn sie berührt wird.

Der eine wird immer ängstlich, wenn Dinge sich verändern.
Der andere wird immer ängstlich, wenn er sich festlegen soll.
Der dritte wird immer ängstlich, wenn (für sein Empfinden) zu viel Nähe entsteht.
Der vierte wird immer ängstlich, wenn Verlust von Nähe droht.

Für jeden Typus bedeutet eine mutige Tat etwas anderes.

Der Zwanghafte muss besonderen Mut aufbringen, wenn es darum geht, etwas Neues zu wagen – was dem Hysteriker ganz leicht fällt.

Der Hysteriker muss seinen ganzen Mut zusammennehmen, um sich für einen langen Zeitraum einer einzigen Sache zu verschreiben – eine Eheschließung ist für solch eine Person eine besondere Leistung. Und wenn ein Hysteriker Silberhochzeit feiert, weiß vielleicht nur er, dass er ein Held gewesen ist.

Für den Schizoiden ist es eine außerordentlich mutige Leistung, Menschen ganz nah an sich heranzulassen – ein Liebesurlaub in trauter Zweisamkeit in einer idyllischen Berghütte ist für ihn eine echte Herausforderung.

Vom Depressiven verlangt man Heldenmut, wenn man ihm eine Aufgabe stellt, die er ganz auf sich allein gestellt, aus eigenem Antrieb und ohne Möglichkeit zur Rückversicherung lösen soll.

Jede dieser Persönlichkeiten kann Dinge tun, die vom jeweils anderen Typus als „mutig“ erlebt, aus der eigenen Sicht aber als ganz normal empfunden werden.

Der Zwanghafte, der zu einem Verkehrsunfall kommt, findet es nicht besonders mutig, alle Handgriffe anzuwenden, die er vorher bei einem Erste-Hilfe-Kurs sorgfältig eingeübt hat – und Sie können sich darauf verlassen, dass er alles eingeübt hat!

Der Hysteriker, der sich spontan zu einer Reise in den tiefsten Dschungel des Amazonas entscheiden soll, findet nichts dabei, innerhalb einer Sekunde seinen ganzen Terminkalender auf den Kopf zu stellen – wenn er überhaupt einen Terminkalender gehabt hat.

Der Schizoide hält es für normal, ganz allein ohne Sauerstoffgerät einen Achttausender zu besteigen – er ist es gewohnt, dass er sich vor allem auf sich selbst verlassen muss.

Der Depressive ist in seinem Element, wenn er im Slum von Kalkutta armen Kindern helfen kann – wenn nur immer genügend Menschen um ihn herum sind.

Mut – so zeigt Riemanns Typologie – erfordert immer das, was unserem Persönlichkeitstypus nicht entspricht und hier liegt auch die Lebensaufgabe: in der mutigen Tat über sich selbst hinauswachsen, um Begrenzungen zu überwinden und ein vollständigerer Mensch zu werden.

So lautet auch eine Faustregel für persönliche Entwicklung: Dort wo die Angst ist, geht es lang. Die Sängerin Alanis Morrissette* hat das in einem Lied so formuliert: „The only way out is through“, oder auch: „Der Weg hinaus ist der Weg hindurch“. Der Weg hinaus aus den Begrenzungen unserer Grundängste ist der Weg durch den Anlass der Angst hindurch. Wachstum findet nicht statt, wenn die Angst aufgehört hat. Wachstum findet statt, indem wir durch die Angst hindurch eine mutige Tat wagen.

ANGST IST NORMAL

Angst ist in unserem Körper eingebaut / physiologische Stressreaktionen

Wenn Sie dieses Buch lesen, haben Sie die mutigste Tat Ihres Lebens bereits hinter sich. Das soll Sie nicht enttäuschen – es stehen Ihnen noch viele großartige Heldentaten bevor, von deren Bewältigung Sie einmal Ihren Enkeln erzählen können. Doch das Schlimmste haben Sie bereits durchgemacht.

Stellen Sie sich vor, Sie sind in einer dunklen Höhle. Es ist dort warm und geschützt und Sie haben genügend Vorräte, um es dort eine ganze Zeit auszuhalten. Doch plötzlich kommt alles in Bewegung. Die Wände der Höhle stürzen auf Sie zu und Sie drohen eingequetscht zu werden. Es gibt nur einen Weg hinaus und der ist eng, dunkel und führt in ein unbekanntes Außen. Sie sind nackt und allein, aber Sie müssen es wagen. Stundenlang quälen Sie sich durch den finsteren Gang hindurch, bis es endlich geschafft ist: Sie sind auf die Welt gekommen.

Ohne den unbändigen Mut zum Leben wäre wohl keiner von uns geboren worden. Wir können uns normalerweise nicht daran erinnern, doch können wir annehmen, dass wir schon in dieser Ursituation unseres Lebens Angst empfunden haben. Denn die Fähigkeit zur Angst ist in unsere Körper „eingebaut".

Was wir als Angst erleben, ist ein Zustand erhöhter körperlicher Aktivität, der ohne unser bewusstes Zutun ausgelöst wird. Das autonome Nervensystem gibt dem Herzen das Signal: „Mehr schlagen!“ Die Atmung beschleunigt sich und Schweiß kühlt die heiß laufenden Systeme. Gleichzeitig werden Verdauungs- und Sexualsystem heruntergeregelt. Dass Angst manchmal „in die Hose geht“, hat etwas damit zu tun, dass der Körper die Blockade des Verdauungssystems gegenreguliert – von ängstlicher Verstopfung zu den Körper entlastendem Durchfall.

Die körperlichen Reaktionen der Angst ähneln übrigens denen, die wir im Stadium der mutigen Aktivitäten erleben: Höhere Leistungsbereitschaft wichtiger körperlicher Systeme werden als Erregung erlebt. Ob wir die Erregung angenehm oder unangenehm finden, ist der Unterschied zwischen Mut und Angst.

Die moderne Stressforschung beschreibt drei Möglichkeiten auf Herausforderungen zu reagieren: mit Angriff, mit Flucht und mit Blockade. Angst wird vor allem dann erlebt, wenn wir uns zu Aktivitäten nicht in der Lage fühlen und wie das Kaninchen vor der Schlange körperlich und/oder geistig bewegungsunfähig sind. Aktivitäten empfinden wir meist als entlastend. So ist wohl auch der Satz entstanden: „Angriff ist die beste Verteidigung.“ Dass man den Problemen davonlaufen kann, wird jeder Jogger bestätigen, der sich nach einem ausgiebigen Lauf vielleicht erschöpft, aber sicher auch glücklich fühlt.

Auf der körperlichen Ebene ist Angst also ein Zustand erhöhter Aktionsbereitschaft. Auf der emotionalen Ebene kann man Angst als ein Gefühl negativer Erwartung beschreiben. Wir befürchten, dass etwas passieren könnte, das uns Schmerzen oder Kränkungen zufügen könnte, das wir nicht bewältigen können, das uns unglücklich machen wird. Die körperliche Reaktion – die erhöhte Aktionsbereitschaft – könnte auch ein anderes Gefühl erzeugen, etwa Vorfreude und Leidenschaft. „Mein Herz schlägt höher", bedeutet ja, dass ich von etwas begeistert bin. Was das klopfende Herz zu einem „Hasenherz" macht, sind die Angstgedanken. Wir erinnern uns an negative, an schmerzliche Erfahrungen. Wir erwarten weitere negative oder schmerzliche Erfahrungen zu machen. Wir glauben, keine Lösung zu finden. Wir pendeln geistig zwischen einer dunklen Vergangenheit und einer möglicherweise noch dunkleren Zukunft hin und her – und sind in der Gegenwart blockiert.

Auf der spirituellen Ebene kann man den angstvollen Zustand auch als einen Zustand der Sinnlosigkeit, der Gottverlassenheit, oder wie die Mystiker sagen, als „dunkle Nacht der Seele" bezeichnen. In unseren Beziehungen erleben wir uns, wenn wir ängstlich sind, als hilflose Kinder.

Angst ist insgesamt ein ziemlich unerfreulicher Zustand. Doch wenn es stimmt, dass alles auf der Welt für irgendetwas gut ist, was kann dann gut an der Angst sein?

ANGST IST GUT

Die schreckliche Vision eines Lebens ohne Angst

Wenn Angst sich so schrecklich anfühlt, warum sind wir eigentlich nicht lieber mutig? Auf diese Frage möchte ich mit einer Geschichte aus dem Leben eines Klienten antworten:

Eines Tages fuhr der Mann in aller Frühe los, um sich aus den Begrenzungen seines Lebens zu befreien. Auf der Autobahn trat er kräftig aufs Gas und schaffte seinen persönlichen Geschwindigkeitsrekord aus dem Norden nach Bayern. Was sollte ihm schon passieren? Es war sein Tag! In Bayern angekommen ergriff er eine unwiderstehliche Geschäftsgelegenheit und kaufte ein halbes Dutzend Gebrauchtwagen, obwohl sein Konto bereits bis zum Anschlag überzogen war. Das würde schon gut gehen! Noch in derselben Nacht kam er zurück und nahm sich nicht die Zeit zum Schlafen. Der Körper würde es schon mitmachen! Am Morgen rauschte er im Büro in eine Gruppensitzung hinein und sagte allen Anwesenden endlich das, was er ihnen schon immer sagen wollte. Was konnten sie ihm schon anhaben?

Der Mann hatte keine Angst und riskierte alles. Doch seine Stimmung war meilenweit von gewöhnlichem Mut entfernt. Er war in einem übersteigerten, angstfreien Zustand, den man manisch nennt. Die Folgen seiner Handlungen schlugen wenig später über ihm zusammen. Seine Bank sperrte ihm die Konten, seine Frau reichte die Scheidung ein und er verlor den Arbeitsplatz. Angst, Schmerz und Depression erfüllten ihn. Glücklicherweise fand er eine angemessene Behandlung. Sein

Beispiel zeigt uns, dass Angstfreiheit nicht in jedem Fall ein wünschenswerter Zustand ist.

Ein Leben ohne Angst wäre auch ein Leben ohne Vorsicht, vielleicht sogar ein Leben ohne Rücksicht.

Psychologen sagen, dass nur wenige Ängste angeboren sind. Die Aussagen über angeborene Ängste sind nicht ganz einheitlich, doch scheinen drei Dinge bei jedem Neugeborenen Angst auszulösen: das Risiko des Falls aus großer Höhe, laute Geräusche und der drohende Verlust der Mutter. Vielleicht ist die Angst vor dem Fall aus großer Höhe die Angst des „alten Affen" in uns. Die Angst vor lauten Geräuschen ist möglicherweise die Urangst vor bedrohlichen Raubtieren und die Angst vor dem Verlust der Mutter die Angst des Neugeborenen vor dem sofortigen Tod. Das kleine Kind bringt eine Reihe von Angst-Antworten mit auf die Welt: Klammern, Schreien und mit zunehmendem Alter Sich-Wegbewegen und Abwehren. Im Erwachsenenalter haben wir diese Angst-Antworten verfeinert und oftmals ist die angeborene und reifer gewordene Angst-Antwort genau das Richtige, um den Gefahren des Lebens zu begegnen.

Angst ist, wie wir oben gesehen haben, auch eine physiologische Reaktion und die Körperaktivität ist schneller als der zugehörige Gedanke. Diese Geschwindigkeit des Körperlichen, des Unbewussten, bringt oft den entscheidenden Überlebensvorteil.

Wer hätte nicht schon einmal erlebt, dass er vor einem fallenden Gegenstand zurückweicht und erst dann versteht, was da eigentlich passiert ist? Wie sollen wir Gefahren erkennen und abwehren, wenn wir keine Angst verspüren? Ein Leben ohne Angst ist wahrscheinlich vor allem eines: kurz.

Das gilt nicht nur für die angeborenen, sondern auch für die im Laufe des Lebens erlernten Ängste. Als ich eine Zeitlang in Norddeich gearbeitet habe, erfuhr ich, dass Touristen im Watt immer wieder in lebensbedrohliche Situationen gerieten. Sie hatten einfach keine Angst vor der gewaltigen Naturkraft der Nordsee und riskierten Wattspaziergänge viel zu kurz vor dem auflaufenden Wasser. Einheimische dagegen haben einen gesunden Respekt vor der ihnen vertrauten Natur. Wer die Geschwindigkeit und Macht des heranrollenden Meeres einmal erlebt hat, wird ihm wohl nie wieder mit naiver Furchtlosigkeit entgegentreten.

Angst ist eine wichtige Voraussetzung zur Gefahrenabwehr. Alle Angst-Antworten – Flüchten, Angreifen oder „tot stellen" können, je nach Situation, gut und hilfreich sein.

Doch manchmal vernichtet die Angst unsere Lebensfreude und dann erleben wir, was der Held eines Films von Rainer Werner Fassbinder* sagt: „Angst essen Seele auf."

ANGST IST FATAL

Wie neurotische Ängste unsere Lebensfreude stehlen

Es sollte eine besonders angenehme halbe Stunde werden: Die Frau ließ sich ein heißes Bad ein, fügte Schaumbad hinzu und summte ein Lied. Fröhlich ließ sie sich in die Wanne gleiten und streckte sich wohlig aus. Im Flur hörte sie Schritte. Ihr Mann war von der Arbeit nach Hause gekommen und rief einen Gruß. Im Vorbeigehen schloss er die Badezimmertür und aus war es mit der Badefreude. Panik ergriff die Frau. Ihr Herz raste und es war, als drückte ihr eine unbarmherzige Faust die Luft ab. Sie würde allein in diesem Badezimmer ersticken. Angst, lebensbedrohliche Angst war alles, was sie jetzt noch fühlte. Da half nur eins: Sofort aufstehen und tropfnass die Badezimmertür weit aufreißen. Uff. Geschafft.

Was nützt diese Angst? Leider gar nichts. Sie führt schlimmstenfalls zu einer Beziehungskrise, weil der arme Mann, der nichts anderes wollte, als die Wärme im Badezimmer zu bewahren, für seine gutgemeinte Tat angeschrien wird. Angst vor engen Räumen oder Klaustrophobie gehört zu den Ängsten, die uns das Leben zur Hölle machen können, weil sie auftreten, ohne dass eine wirkliche Gefahr droht.

Wenn Angst entsteht, ohne dass eine reale Gefährdung vorliegt, spricht man von neurotischen Ängsten. Auch sie sind – wie beispielsweise die schützende Angst vor der heranbrandenden Nordsee – erlernt. Aber beim Lernprozess hat es eine Art seelischer Fehlschaltung gegeben.

Die Verhaltenspsychologie meint, dass wir unangemessene Ängste vor engen Räumen, vor weiten Plätzen, vor Höhen, vor Tieren oder andere neurotische Ängste als eine Art erlerntes Fehlverhalten entwickeln. Die psychoanalytische Theorie geht davon aus, dass die neurotischen Ängste einen tiefer liegenden seelischen Konflikt, meist aus der frühen Kindheit, symbolisieren. So gesehen sind auch diese Ängste sinnvoll, aber der Sinn ist nicht leicht zu verstehen.

Neurotische, auf den ersten Blick sinnlose Ängste, lassen sich gewöhnlich nicht im Alleingang bewältigen. Psychotherapie ist in den meisten Fällen der richtige Weg aus der Angstfalle. Doch unglücklicherweise braucht es auch für den ersten Schritt in die Psychotherapie das, was der Ängstliche so wenig hat: Mut. In diesem Fall zumindest den Mut, sich Hilfe zu holen.

Vielleicht ist das aber gerade die Botschaft hinter den neurotischen Ängsten: „Ich will hier raus, weiß aber nicht wie. Bitte hilf mir."

Der Psychotherapeut Robert Dilts* sagt: „Angst kann eine verkleidete Motivation sein." Hinter der anscheinend sinnlosen, neurotischen Angst könnte demnach der Wunsch, die Motivation, stehen, dem Leben eine neue Wende zu geben, neuen Lebensmut zu fassen und Dinge ins Leben zu lassen, die in der augenblicklichen Situation keinen Raum haben. Vielleicht steckt hinter jedem Ängstlichen ein verborgener Held, der heraus will.

In einem meiner Kurse lernte ich eine nette Frau mittleren Alters kennen. Sie lebte ein häusliches Leben und kümmerte sich vor allem um ihre Familie. Im Kurs war sie freundlich, höflich, aber eher ein wenig schüchtern. Als es eines Tages um die Logotherapie Viktor Frankls* ging, ergriff sie das Wort und überraschte alle mit einem engagierten und kenntnisreichen Beitrag über Antisemitismus und die Notwendigkeit, sich zu den dunklen Zeiten der deutschen Geschichte zu bekennen und für Aufklärung und Toleranz zu kämpfen. Sie war sehr bewegt, weil es für sie keine Selbstverständlichkeit war, sich derart in den Mittelpunkt zu stellen. Doch sie wusste, dass sie jetzt sprechen musste. Später erzählte sie, dass sie sich seit ihrer Jugend in einem Verein für deutsch-jüdische Kultur engagierte. Sie hatte einfach eines Tages gewusst, dass sie im Rahmen ihrer persönlichen Möglichkeiten etwas gegen Antisemitismus tun musste.

Foto: Konrad Lewandowski · www.fotolia.de

2. TEIL

IN JEDEM MENSCHEN STECKT EIN HELD

Ein wahrer Held: Parzival und der Dummling

„Zurück! Du rettest den Freund nicht mehr, so rette das eigene Leben!“, wird Damon zugerufen, als er im letzten Augenblick ankommt, um sich dem Tyrannen auszuliefern. Doch statt sich heimlich in Sicherheit zu bringen, antwortet er mutig: „Und ist es zu spät und kann ich ihm nicht, ein Retter, willkommen erscheinen, so soll mich der Tod ihm vereinen.“

Friedrich Schillers* Zeilen aus der „Bürgschaft“ kommen mir seit meiner Kindheit in den Sinn, wenn ich an Helden denke. Da tut einer, was er muss. Unerschütterlich mutig, gegen vernünftige Empfehlung, nur der eigenen inneren Stimme verpflichtet. Ein strahlender Held, der in Schillers Ballade mit seiner uneigennützigen Haltung das kalte Herz des Tyrannen erweicht. Was die beiden Freunde besitzen, möchte er auch haben, der grausame Machthaber: „Ich sei, gewährt mir die Bitte, in eurem Bunde der Dritte." Der Dichter verrät nicht, ob der Tyrann den Weg des wahren Helden einschlagen wird, oder ob es bei einer einmaligen Geste bleibt.

Doch für uns, die wir die Ängste des Alltags ablegen wollen, gibt es einen Lehrplan für Helden, den wir durchlaufen können.

Die gute Nachricht zu Beginn:
Ein Held ist nicht, wer keine Angst hat. Ein Held wird, wer gute Gründe hat, seine Angst zu überwinden. Besser gesagt: Ein Held ist, wer keine Angst mehr hat.

Und ein Held, wie er sich im Laufe der Jahrhunderte als literarischer Topos* und kultureller Archetypus* herausgebildet hat, ist kein tumber Schlagetot, der sich schwer bewaffnet über Feindeshorden hermacht. Ein Held ist ein Mensch, der um eines höheren Ziels willen handelt.

So lassen wir Heutigen Firmenchefs, die unter äußerstem persönlichem und materiellem Einsatz Konzerne aufbauen, durchaus als „Krieger" gelten, nicht aber als Helden. Ein Held ist mehr als ein erfolgreicher Mensch. Ein Held ist auch mehr als ein Mensch mit einem Ziel. Ein wahrer Held braucht ein Ziel, das ihn über egoistische (auch über massenegoistische) Maßstäbe hinauswachsen lässt.

So war Bill Gates*, der Microsoft gründete, bis vor kurzem nur ein überaus erfolgreicher Geschäftsmann, den man wegen seiner Leistung bewundern kann. Nachdem er eine Stiftung gründete, mit deren Hilfe er drängende medizinische Probleme der Menschheit lösen will, hat er einen großen Schritt auf dem Weg vom Krieger zum Helden zurückgelegt.

Was macht nun einen Helden im Einzelnen aus und wie können wir den Helden, der in uns steckt, zum Vorschein bringen?

DER HELDENBAUKASTEN

Was macht eigentlich einen Helden aus?

Helden werden nicht so geboren. Meist sind sie zu Beginn ihres Lebens sogar ein wenig ängstlicher, naiver, ja sogar dümmer als die Menschen ihrer Umgebung. Wenn sie dann beginnen, ihre Kräfte zu erproben, schießen sie oft etwas über das Ziel hinaus und sind damit erneut meilenweit von einer makellosen Karriere entfernt.

Einer der wahrhaften Heroen ist Parzifal. Er wird als naturhafter „reiner Tor“ fernab der Zivilisation aufgezogen, weil seine Mutter ihn vor den gefährlichen und mutigen Heldentaten beschützen will, die ihm geweissagt worden sind. Dennoch wächst er in die Aufgabe hinein, den Gralskönig und damit das Leben selbst zu retten. Unterwegs greift er zunächst einmal daneben, indem er einen Ritter auf völlig unhöfische Weise besiegt und er versagt ein weiteres Mal, indem er menschliches Mitgefühl zurückhält und sich stattdessen falsche Höflichkeit auferlegt. Sein Ausbildungsweg zum Helden dauert viele Jahre. Ähnlich geht es Gilgamesch, dem Urhelden der Mythologie. Er ist zu Beginn des Epos ein über die Stränge schlagender, maßloser Jüngling und muss viele schmerzliche Verluste erleiden, bis er zu wahrem Heldentum findet – das darin besteht, sein Menschenschicksal und damit seine Lebensaufgabe weise anzunehmen.

Meinen persönlichen Heldenbaukasten habe ich aus dem Märchen „Die drei Federn" zusammengestellt. Der Held dieser von den Brüdern Grimm* aufgeschriebenen Volkserzählung ist mir seit vielen Jahren ein guter Freund:

Er ist der jüngste von drei Königssöhnen und während die beiden ältesten als klug und gescheit beschrieben werden, spricht er nicht viel, ist einfältig und wird „der Dummling" genannt. Am Anfang unserer Heldenlaufbahn dürfen wir also einfältig und wenig heldenhaft sein.

Als der König nun aufs Sterben zuging, stellte er seinen Söhnen drei Aufgaben – und selbstverständlich dachten die klugen Söhne jedes Mal, dass es ein Leichtes für sie sein würde, den Preis – die Nachfolge im Königreich – zu erringen. Doch sie waren oberflächlich und hochmütig, während der Dummling – ganz wie unsereiner – nicht mehr zur Verfügung hatte, als den Platz, an dem er gerade stand. Und dort ging er in die Tiefe.

Wahre Helden sind nämlich nicht großspurig, sie kennen vielmehr ihre Schwächen und Begrenzungen. Wahres Heldentum zeigt sich auch nicht nur in der Eroberung ferner und fremder Länder. Es kann genauso gut vor der eigenen Haustür stattfinden. So fand der Dummling bei jeder der drei Aufgaben Hilfe ganz in der Nähe und durch seine eigene tiefere Weisheit, symbolisiert durch eine große, dicke Kröte. Die Hilfe fand sich in einem unscheinbaren Geschöpf genau vor seinen Füßen, während die anscheinend klugen Brüder auf ihren schnellen Rössern davon gestürmt waren. Das Leben gab ihm dort Schätze, wo die Macht des Ego versagt hätte. Schließlich errang er auch seine Seelenpartnerin, die schön war und leicht wie ein Reh und es ist von ihm gesagt, dass er lange in Weisheit geherrscht hat.

Wenn wir eine Aufgabe gestellt bekommen, kommt es also nicht darauf an, dass wir in voller Rüstung mit lautem Geschrei davon galoppieren, sondern dass wir dort, wo wir stehen, nach den Kräften suchen, die uns helfen können.

Im Heldenbaukasten finden wir also einen blutigen Anfänger, der sich bewusst ist, dass er wenig Heldenmut hat. Wir finden dort auch eine wichtige Aufgabe, die einen Einfluss auf das ganze Leben haben wird. Wir finden merkwürdige Helfer, die näher liegen, als wir gedacht hatten. Wir finden Vertrauen darin, das Ungewohnte zu tun, auch wenn es noch so absurd zu sein scheint. Das Ziel des Heldentums ist nicht der Griff nach weltlichen Gütern, sondern vor allem Weisheit.

Nachdem Sie nun erfahren haben, dass auch Sie eigentlich ein verkappter Held/eine verkappte Heldin sind, stellen Sie sich möglicherweise noch ein wenig zaghaft die Frage, welche Heldentat denn nun das Leben von Ihnen verlangen wird. Darauf antwortet der Mythenforscher Joseph Campbell* beruhigend: „In diesen Geschichten bekommt der Held genau das Abenteuer, für das er bereit ist. Das Abenteuer ist symbolisch eine Manifestation seines Charakters.“ Damit ist gemeint, dass unser Charakter, unsere Persönlichkeit, in Resonanz steht zu den Aufgaben, die wir im Leben lösen müssen. Ein Ängstlicher, der an der Schwelle dazu steht, mutiger zu werden, erhält durch sein persönliches Abenteuer die Gelegenheit dazu. Ein Großspuriger erhält die Gelegenheit, Bescheidenheit zu lernen und ein Hartherziger wird in das Abenteuer des Mitgefühls hineingezogen. Wenn wir ratlos vor unserem persönlichen Abenteuer stehen, führt uns oft die Besinnung auf die Frage weiter: „Was hat das mit mir zu tun? Was soll ich jetzt lernen?"

Die drei Federn

Es war einmal ein König, der hatte drei Söhne, davon waren zwei klug und gescheit, aber der dritte sprach nicht viel, war einfältig und hieß nur der Dummling. Als der König alt und schwach ward und an sein Ende dachte, wußte er nicht, welcher von seinen Söhnen nach ihm das Reich erben sollte. Da sprach er zu ihnen: „Ziehet aus, und wer mir den feinsten Teppich bringt, der soll nach meinem Tod König sein.“ Und damit es keinen Streit unter ihnen gab, führte er sie vor sein Schloß, blies drei Federn in die Luft und sprach: „Wie die fliegen, so sollt ihr ziehen.“ Die eine Feder flog nach Osten, die andere nach Westen, die dritte flog aber geradeaus und flog nicht weit, sondern fiel bald zur Erde. Nun ging der eine Bruder rechts, der andere ging links, und sie lachten den Dummling aus, der bei der dritten Feder da, wo sie niedergefallen war, bleiben mußte.

Der Dummling setzte sich nieder und war traurig. Da bemerkte er auf einmal, daß neben der Feder eine Falltür lag. Er hob sie in die Höhe, fand eine Treppe und stieg hinab. Da kam er vor eine andere Tür, klopfte an und hörte, wie es inwendig rief: „Jungfer grün und klein, Hutzelbein, Hutzelbeins Hündchen, Hutzel hin und her, laß geschwind sehen, wer draußen wär’.“

Die Tür tat sich auf, und er sah eine große, dicke Itsche (Kröte) sitzen und rings um sie eine Menge kleiner Itschen. Die dicke Itsche fragte, was sein Begehren wäre. Er antwortete: „Ich hätte gerne den schönsten und feinsten Teppich.“ Da rief sie eine junge und sprach: „Jungfer grün und klein, Hutzelbein, Hutzelbeins Hündchen, Hutzel hin und her, bring mir die große Schachtel her.“

Die junge Itsche holte die Schachtel und die dicke Itsche machte sie auf und gab dem Dummling einen Teppich daraus, so schön und so fein, wie oben auf der Erde keiner konnte gewebt werden. Da dankte er ihr und stieg wieder hinauf.

Die beiden anderen hatten aber ihren jüngsten Bruder für so albern gehalten, daß sie glaubten, er würde gar nichts finden und aufbringen. „Was sollten wir uns mit Suchen groß Mühe geben," sprachen sie, nahmen dem ersten besten Schäfersweib, das ihnen begegnete, die groben Tücher vom Leib und trugen sie dem König heim. Zu derselben Zeit kam auch der Dummling zurück und brachte seinen schönen Teppich, und als der König den sah, erstaunte er und sprach: „Wenn es dem Recht nach gehen soll, so gehört dem jüngsten das Königreich." Aber die zwei andern ließen dem Vater keine Ruhe und sprachen, unmöglich könnte der Dummling König werden, und baten ihn, er möchte eine neue Bedingung machen.

Da sagte der Vater: „Der soll das Reich erben, der mir den schönsten Ring bringt", führte die drei Brüder hinaus und blies drei Federn in die Luft, denen sie nachgehen sollten. Die zwei ältesten zogen wieder nach Osten und Westen, und für den Dummling flog die Feder geradeaus und fiel neben der Erdtür nieder. Da stieg er wieder hinab zu der dicken Itsche und sagte ihr, daß er den schönsten Ring brauchte. Sie ließ sich gleich ihre große Schachtel holen und gab ihm daraus einen Ring, der glänzte von Edelsteinen und war so schön, daß ihn kein Goldschmied auf der Erde hätte machen können.

Die zwei ältesten lachten über den Dummling, der einen goldenen Ring suchen wollte, gaben sich gar keine Mühe, sondern schlugen einem alten Wagenring die Nägel aus und brachten ihn dem König. Als aber der Dummling seinen goldenen Ring vorzeigte, so sprach der Vater abermals: „Ihm gehört das Reich." Die zwei ältesten ließen nicht ab, den König zu quälen, bis er noch eine dritte Bedingung machte und den Ausspruch tat, der sollte das Reich haben, der die schönste Frau heimbrächte. Die drei Federn blies er nochmals in die Luft, und sie flogen wie die vorigen Male.

Da ging der Dummling ohne weiteres hinab zu der dicken Itsche und sprach: „Ich soll die schönste Frau heimbringen." „Ei", antwortete die Itsche, „die schönste Frau! Die ist nicht gleich zur Hand, aber du sollst sie doch haben." Sie gab ihm eine ausgehöhlte gelbe Rübe mit sechs Mäuschen bespannt. Da sprach der Dummling ganz traurig: „Was soll ich damit anfangen?" Die Itsche antwortete: „Setze nur eine von meinen kleinen Itschen hinein." Da griff er auf Geratewohl eine aus dem Kreis und setzte sie in die gelbe Rübe, aber kaum saß sie darin, so ward sie zu einem wunderschönen Fräulein, die Rübe zur Kutsche und die sechs Mäuschen zu Pferden. Da küßte er sie, jagte mit den Pferden davon und brachte sie zu dem König.

Seine Brüder kamen nach, die hatten sich gar keine Mühe gegeben, eine schöne Frau zu suchen, sondern die ersten besten Bauernweiber mitgenommen. Als der König sie erblickte, sprach er: „Dem jüngsten gehört das Reich nach meinem Tod." Aber die zwei ältesten betäubten die Ohren des Königs aufs neue mit ihrem Geschrei: „Wir können's nicht zugeben, daß der Dummling König wird", und verlangten, der sollte den Vorzug haben, dessen Frau durch einen Ring springen könnte, der da mitten in dem Saal hing. Sie dachten: „Die Bauernweiber können das wohl, die sind stark genug, aber das zarte Fräulein springt sich tot.“ Der alte König gab das auch noch zu.

Da sprangen die zwei Bauernweiber, sprangen auch durch den Ring, waren aber so plump, daß sie fielen und ihre groben Arme und Beine entzweibrachen. Drauf sprang das schöne Fräulein, das der Dummling mitgebracht hatte, und sprang so leicht hindurch wie ein Reh und aller Widerspruch mußte aufhören. Also erhielt er die Krone und hat lange in Weisheit geherrscht.

*Grimms Märchen. Th. Knaur Nachf. München 1937**

ANGST – MUT – LEBENSMUT

Ein Weg in die innere Freiheit

Wir haben gesehen, dass Angst überlebensnotwendig ist und dass Mut – Heldenmut gar – nicht Angstfreiheit bedeutet, sondern die Überwindung von Angst aus einem guten Grund. Wenn ich mutig bin, weiß ich, dass es jetzt für mich notwendig ist, zu handeln – was auch immer dagegen sprechen mag.

Angst sagt: „Es wird schiefgehen."
Mut fragt: „Wie kann es gelingen?"

Doch Lebensmut scheint mir über die Fähigkeit, von Zeit zu Zeit eine mutige Tat zu vollbringen, hinauszugehen. Lebensmut enthält aus meiner Sicht das umfassende Vertrauen, dass nicht nur von Zeit zu Zeit eine besondere Herausforderung bestanden werden kann. Lebensmut sagt: „Das Leben wird gelingen!"

Mut ist ein akuter Zustand, der zu außerordentlich erfreulichen Ergebnissen führen kann. Doch Lebensmut ist „chronisch". Es ist eine Art von chronischer Gesundheit, die genährt wird von einer Handvoll Selbstvertrauen, aber auch einer ganz großen Portion Hoffnung in Verbindung mit tiefem Vertrauen in gutes Gelingen. Friedrich Schiller lässt seinen Wilhelm Tell sagen: „Dem Mutigen hilft Gott." Eine Weisheit, die Simónides von

Keos (556-469 v. Chr.)* vorwegnahm: „Fortes fortuna adiuvat" (Dem Mutigen hilft das Schicksal).

Lebensmut sagt: „Was auch immer passiert, das Leben ist auf meiner Seite." Mit diesem Lebensmut konnte Martin Luther* seinen berühmten Ausspruch tun: „Wenn ich wüsste, dass morgen die Welt untergeht, würde ich heute noch ein Apfelbäumchen pflanzen." Lebensmut macht uns im Inneren frei von äußeren Gegebenheiten.

Foto: EcoView · www.fotolia.de

3. TEIL

LEBENSMUT FÜR JEDEN TAG

52 Gründe, das Leben mutig zu leben

Das erste Meditationsbuch meines Lebens erhielt ich 1982 von einem armen Mann. Er lebte in einer Einrichtung für Wohnungslose und hatte alles verloren: Familie, Arbeit, Besitz, Gesundheit, sozialen Status. Ich besaß all das, aber er wusste wohl, dass er reicher war als ich und schenkte mir ein Buch, das er sich von seinem wenigen Geld gekauft hatte.

Ich sah ihn nie wieder, doch dieses Buch begleitet mich bis heute. Inzwischen besitze ich ein ganzes Regalbrett voller Meditationsbücher mit heilsamen Gedanken und ich nutze sie alle. Ich habe die Erfahrung gemacht, dass die Gedanken und Gefühle voller Angst und Groll hartnäckig sind und ich mich immer wieder aufs Neue daran erinnern muss, wie ich leben will: mutig und voller Vertrauen ins Leben.

Die folgenden Seiten sollen Ihnen ein Begleiter sein für ein Jahr voller Lebensmut. Sie sind mein Geschenk an Sie – in Erinnerung an einen armen Mann, der so viel gegeben hat.

Wenn Sie die folgenden Seiten zur täglichen Meditation benutzen wollen, sollten Sie am besten ein Schulheft bereithalten. Sie lesen dann am ersten Tag einer Woche den jeweiligen Wochentext und lassen ihn eine Weile wirken. An jedem anderen Tag der Woche notieren Sie in Ihrem Schulheft Ihre eigenen Einfälle zum Leitgedanken der Woche. Nach einem Jahr verfügen Sie so über ein ganz persönliches Meditationsbuch voller Impulse aus Ihrem eigenen Leben.

Manchmal lesen wir ermutigende Gedanken und alles wehrt sich in uns. Wir denken: „So einfach ist das nicht! – Bei mir ist es gerade genau andersrum!“ Schreiben Sie auch diese Gedanken in Ihr Schulheft, doch bleiben Sie dann so lange vor Ihrem Text sitzen, bis Ihnen ein anderer „Dreh“ einfällt (und schreiben Sie den dann dazu).

Um Ihren unerfreulichen Erlebnissen etwas Ermutigendes abzugewinnen, nutzen Sie beispielsweise die Fragen:

- Was kann ich aus dieser Erfahrung lernen?
- Wie kann ich offen bleiben für das Gute?
- Wem kann ich heute helfen?
- Wie kann ich mir selbst heute etwas Gutes tun?
- Was würde eine liebevolle höhere Macht jetzt zu mir sagen?

Ermutigendes von Albert Schweitzer

Jugend ist nicht ein Lebensabschnitt –
sie ist ein Geisteszustand,
sie ist Schwung des Willens,
Regsamkeit und Phantasie,
Stärke der Gefühle,
Sieg des Mutes über Feigheit,
Triumph der Abenteuerlust über Trägheit.

Niemand wird alt,
weil er eine Anzahl Jahre hinter sich gebracht hat,
man wird nur alt,
wenn man seinen Idealen Lebewohl gesagt hat.
Mit den Jahren runzelt die Haut,
mit dem Verzicht der Begeisterung aber runzelt
die Seele.

Sorgen, Zweifel, Mangel an Selbstvertrauen,
Angst und Hoffnungslosigkeit –
das sind die langen Jahre,
die das Haupt zur Erde ziehen
und den aufrechten Gang in den Staub beugen.

*Albert Schweitzer**

1. WOCHE

LEBENSMUT

lässt uns den kleinen Mut des Alltags würdigen

Wenn wir unter Mut immer nur etwas verstehen, das dem Mut eines Martin Luther King* entspricht, werden wir uns wohl für Feiglinge halten. Doch neben der niederschmetternden Selbstkritik einer solchen Bezeichnung steht noch etwas Gefährlicheres: Wir finden ein Schlupfloch, um uns vor dem kleinen Mut des Alltags zu drücken.

Stellen Sie sich vor, Sie stehen an der Supermarkt-Kasse und warten geduldig in der Schlange. Eine junge Mutter mit ihrem kleinen Kind zieht die Aufmerksamkeit der Wartenden auf sich. Das Kind quengelt, die Mutter ist gereizt. Beide werden immer lauter.

Was tun Sie?

Schließen Sie sich der Dame an, die sich abwendet und stumm verächtlich den Kopf schüttelt? Nicken Sie, wenn der ältere Mann lautstark brummelt, da fehle eine harte Hand? Versuchen Sie, das Kind mit einem Keks abzulenken?

Es gehört Mut dazu, jetzt die Frage zuzulassen: Was brauchen wir alle wirklich?

Ich glaube, dass die Mutter, das Kind, die Wartenden und wir selbst in solch einer alltäglichen Spannungssituation nichts weiter brauchen als Liebe und Akzeptanz. Wie können Sie durch Ihr Verhalten Liebe und Akzeptanz ausdrücken?

Sie könnten denken, wie schön es ist, einen wohlgefüllten Supermarkt zur Verfügung zu haben und dass wir alle gesegnet sind, auch wenn wir es gerade nicht wissen.
Sie könnten still das Wort „Liebe“ denken und dabei lächeln.
Sie könnten einen verständnisvollen Satz sagen, etwa: „Das ist aber auch langweilig an der Kassenschlange.“
Es gehört Mut dazu, sich von dem kleinen Ärger des Alltags nicht mitreißen zu lassen.

ERKENNTNIS

Alltagsärger löst sich auf, wenn ich frage: Was brauchen alle Beteiligten jetzt wirklich?

MEDITATION

Heute will ich den kleinen Problemen des Alltags mit Lebensmut begegnen.

2. WOCHE

LEBENSMUT

lässt uns bereitwillig in eine neue Lebensphase wechseln

Die erste Mut-Situation des Alltags ist der Übergang von einer Lebensphase in die andere. Im 21. Jahrhundert gibt es nur wenig äußere oder symbolische Hilfen, um von Lebensabschnitt zu Lebensabschnitt zu wandern. Kindheit, Jugend, junges Erwachsenenleben, mittlere Lebensphase, fortgeschrittenes Alter, Greisenalter – diese Begriffe scheinen zu verwischen. Eltern sagen, wenn sie von mir gefragt werden, welche Regeln sie ihren halbwüchsigen Kindern über Schlafenszeiten, Hausaufgaben, Suchtmittelkonsum oder Sex geben: „Das müssen sie doch selber wissen." Männer und Frauen in ihren Dreißigern tragen die gleiche Kleidung, hören dieselbe Musik und gehen in dieselben Fitnessstudios wie Teenager. Und das höhere Alter scheint unter Anti-Aging-Strategien zu verschwinden.

Ich habe mich vor kurzen mit einer Gruppe von Frauen ein Jahr lang getroffen, um gemeinsam unsere Lebensgeschichten zu schreiben. Die jüngste Frau war Anfang 30, die älteste über 60 Jahre alt. Und in 25 gemeinsamen Abenden wurde Schritt für Schritt deutlich, dass es durchaus Zeitabschnitte gibt, die einerseits den Fortschritt in größere Erkenntnis markieren, andererseits aber auch endgültigen Verlust bedeuten.

Auch wenn ich mit 60 Jahren ein Seniorenstudium aufnehme, werde ich nie wieder eine 20-jährige Studentin sein. Auch wenn ich mit 30 Jahren die große Liebe meines Lebens treffe und fortan mit ihr glücklich bin, werde ich nie wieder auf dieselbe Weise verliebt sein, wie beim ersten Mal. Auch wenn ich mit 50 Jahren beim Marathon mitlaufe, werde ich nie wieder der 25-jährige Athlet sein, der sich um seine körperlichen Ressourcen wenig kümmern muss. Ich werde in jeder Lebensphase Glück und Erfüllung finden können, doch mir scheint wichtig, mich voller Mut dem „Nie wieder" zu stellen, bevor ich mich dem zuwende, was die neue Lebensphase an Chancen und Möglichkeiten bietet.

Joan Borysenko* hat in ihrem Buch der Weiblichkeit das Leben der Frau in Siebenerschritte aufgeteilt, um Bewusstheit für diese Übergänge zu schaffen. Jeder Abschnitt hat danach neue Aufgaben und Fähigkeiten, während die alten Themen nicht ganz verloren gehen, aber doch in den Hintergrund treten.

So erlebte es eine Teilnehmerin der Lebensgeschichte-Gruppe, die daran dachte, nach einer langen Ausbildungs- und Berufsphase mit Anfang 30 eine Familie zu gründen als dringend notwendig, einen früheren Schwangerschaftsabbruch noch einmal zu bedenken, zu betrauern und dann zu verabschieden. Es war „dran", um den Weg frei zu machen für den nächsten Schritt. Einige ältere Frauen wurden durch das offene Bekenntnis der jüngeren an eigene Schwangerschaftsabbrüche erinnert. Doch die Wunde war lange verheilt, der Schmerz der Erinnerung nur kurz. Dann konnten sie sich ihrer eigenen Lebensphase zuwenden und der jüngeren Frau eher „großmütterlich" Trost und Beistand leisten. Sie waren einerseits froh, nicht mehr so jung und voller Schmerzen zu sein (ein verständlicher egoistischer Impuls), andererseits auch glücklich, aus ihrer eigenen Lebensphase heraus Zuspruch geben und ermutigendes Beispiel sein zu können. Es gehört Mut dazu, bewusst älter zu werden und nicht an vermeintlicher Jugendlichkeit festzuhalten. Doch nach dem Mut kommt die Belohnung. Jede Lebensphase hat ihre eigene Qualität.

ERKENNTNIS

Jede Lebensphase hat ihre eigene Qualität.

MEDITATION

Heute will ich die besondere Qualität meiner derzeitigen Lebensphase würdigen.

LEBENSMUT

hilft uns, eine alte Überzeugung aufzugeben

Ich war viele Jahre meines Erwachsenenlebens Agnostikerin*. Ich war durchaus bereit anzuerkennen, dass das Leben große Geheimnisse birgt und konnte mir vorstellen, dass die Fortschritte der Naturwissenschaften nicht all diese Geheimnisse enthüllen würden. Aber ich dachte auch, dass diese letzten Wahrheiten nicht erkannt werden können. Gebet und Meditation schienen mir geeignet als eine Art weltlicher Selbstberuhigung; zu tiefe-ren Wahrheiten durchdringen zu wollen, als sie der Verstand erfassen kann, schien mir Zeitverschwendung.

In dieser Zeit begleitete ich über mehrere Jahre eine Selbsthilfegruppe für abstinente Alkoholiker und ihre Angehörige mit Seminaren und Praxisbegleitung der Gruppenleiter/innen. Sie fühlten sich von mir gut unterstützt und wir planten eine weitere Zusammenarbeit. Doch einige Tage vor dem Beginn eines weiteren Wochenendseminars merkte ich, dass mein vorbereitetes Konzept nicht mehr stimmte. Wir wollten darüber sprechen, wie neue Gruppenmitglieder für den Gedanken der vollständigen Alkoholabstinenz geworben werden können und ich hatte einige Strategien der Gesprächsführung zusammengetragen, um sie mit den Gruppenleiter/innen einzuüben. Da waren die Vorteile der Abstinenz auf der einen Seite, die

Konflikte, die das neue Verhalten mit sich bringen würde, auf der anderen Seite. Da waren Bewältigungsstrategien. Und da fehlte etwas. Ich selbst hatte ein „geistiges Erwachen" erlebt, das ich einige Jahre lang in meinem Inneren verschlossen hielt und das in den vergangenen Monaten mehr und mehr an die Oberfläche drängte.

Carl Gustav Jung* hatte in einem Brief an einen der Begründer der Anonymen Alkoholiker* geschrieben, eine spirituelle Wandlung sei notwendig für dauerhafte Abstinenz. Ich selbst hatte es nach und nach gewagt, mich tieferer spiritueller Praxis zuzuwenden. Und jetzt war der Augenblick gekommen, Farbe zu bekennen. Nach dem – von meinen Teilnehmer/innen erwarteten – psychologischen und kommunikationsorientierten Seminarprogramm, sagte ich – passend am Sonntagmorgen: „Ohne Gebet wird es nicht gehen." Die Teilnehmer/innen reagierten unterschiedlich: gleichgültig, verwirrt, empört. Nun ja, man hatte von mir schon einiges Nützliches erfahren, sodass man diese Merkwürdigkeit nicht zu hoch einschätzen wollte. Doch ich ließ nicht locker. In Zukunft, so sagte ich, würde ich diesen Aspekt in meinen Seminaren stärker betonen. Ich weiß noch genau, wie sehr ich unter Spannung stand an diesem Sonntagmorgen. Ich wusste, ich musste. Ich musste, um meiner selbst willen offenbaren, dass ich von einer nützlichen und liebgewordenen Überzeugung Abschied genommen hatte. Das war das letzte Seminar, zu dem mich diese Gruppe eingeladen hat.

Und es war der Beginn einer neuen Phase meiner Arbeit und meines Selbstverständnisses.

ERKENNTNIS

Ich kann jede Überzeugung aufgeben, wenn sie dem Leben nicht mehr dient.

MEDITATION

Heute will ich mich mit einer lebenszugewandten Überzeugung verbinden.

4. WOCHE

LEBENSMUT

hilft uns, Erwartungen nicht immer zu erfüllen

„Ich dachte, du hättest…“ ausgesprochen von einer Person, die uns wichtig ist, scheint mir einer der Sätze zu sein, deren Beantwortung viel Alltags-Mut benötigt.

Einige Jahre lang hatte ich an meinem Geburtstag im Februar gemeinsam mit meinem Mann eine Art Tag der offenen Tür ausgerichtet. Aktuelle und frühere Kursteilnehmer/innen wussten, dass sie sich an diesem Tag bei mir einfinden konnten, um bei Kaffee und Kuchen zu klönen und Leute zu treffen, die sie ein wenig aus den Augen verloren hatten. Die Partys waren immer ein großer Erfolg, doch bei der letzten dieser Feiern stand ich plötzlich im Treppenhaus und fühlte mich bei meiner eigenen Geburtstagsfeier fremd. Da wusste ich, ich muss erstmal eine Pause machen. Als einer meiner treuen Gäste davon erfuhr, dass es im nächsten Jahr keinen offenen Tag im Februar geben würde, drückt er seine Enttäuschung deutlich aus. „Wie schade. Ich hatte mich so daran gewöhnt. Es war immer ein schöner Start ins neue Jahr. Du wirst dich schon noch anders entscheiden.“ Ich spürte, wie seine Erwartung an mir zerrte. Wie viele meiner Gäste mochten genauso denken und es nur nicht sagen? Sollte ich nicht einlenken? Es war schließlich nur ein Tag, den würde ich schon überstehen. Aber ich wollte meinen Geburtstag nicht einfach nur überstehen. Im nächsten Jahr ging ich an meinem Geburtstag mit meinem Mann essen und fühlte mich leicht unbehaglich. Es hatte mich Mut gekostet, Erwartungen nicht zu erfüllen. Und ich war ehrlich geblieben.

ERKENNTNIS

Auch der Mutigste von uns
hat nur selten den Mut zu dem,
was er eigentlich weiß.

*Friedrich Nietzsche**

MEDITATION

Heute will ich mich auf eine tiefe innere Wahrheit besinnen.

5. WOCHE

LEBENSMUT

hilft, sich einzumischen, wenn es notwendig ist

Die öffentliche Debatte über mangelnden Mut im Alltag wird immer wieder in Gang gesetzt, wenn in den Medien Fälle berichtet werden, in denen Passanten nicht eingreifen, wenn beispielsweise auf der Straße oder in der U-Bahn jemand angegriffen wird. Ich hatte in den vergangenen Jahren genügend Gelegenheit, mich geistig damit auseinanderzusetzen, was ich in einer solchen Situation wohl tun würde. Ich habe noch nie einen Selbstverteidigungskurs besucht, bin weder körperlich außergewöhnlich kräftig noch habe ich eine beeindruckende Statur. Dirty-Harry-Lösungen kommen für mich also nicht infrage. Ich hatte mich zwar mit Gewaltfreier Kommunikation nach Marshall Rosenberg* beschäftigt, doch das ist nicht so schwer, wenn man lernbereite Seminarteilnehmer/innen oder einen positiv gestimmten Ehemann vor sich hat. Wie würde ich in einer Straßensituation reagieren? Ich beruhigte mich damit, dass ich in der relativ friedlichen Provinz lebe und dachte nicht besonders häufig daran. Eines sonnigen Nachmittags in Hildesheim war es dann so weit. Ich ging rasch eine Fußgängerstraße entlang und schickte mich an, eine Gruppe von punkig aussehenden, leicht angetrunkenen jungen Männern zu überholen. Sie schwenkten Bierflaschen und unterhielten sich lautstark, wirkten aber nicht bedrohlich.

Doch einer von ihnen hatte einen kleinen Hund bei sich, den er ständig anschrie und an dessen Leine er alle drei Schritte heftig und für den Hund sicher schmerzhaft riss. Der Hund war völlig verstört und klemmte die Rute zwischen die Beine, doch Herrchen riss und schrie weiter. Eine Welle von Angst schwappte in mir empor, denn ich wusste, ich musste etwas tun. Ich ging etwas langsamer, um noch einige Sekunden Zeit zum Überlegen zu haben. Welche Art von Kritik kann ich selbst am besten vertragen? Also, ich möchte vor allem, dass ich das Gesicht wahren kann. Ich möchte nett und als gleichrangig behandelt werden. Also los.

Ich ging mit dem jungen Mann gleichauf und sprach ihn freundlich an: „Sagen Sie mal, glauben Sie, dass der Hund das versteht, was Sie ihm sagen?" Der Mann stutzte und hielt überrascht an. Die Hundeleine wurde etwas lockerer und der Hund stoppte ebenfalls. Strahlend erklärte der Mann, eine kräftige Alkoholfahne wehte mich an: „Na klar, der Hund versteht jedes Wort." Da fing ich an, den Hund zu loben – er war wirklich eine niedliche Promenadenmischung und schloss mit den Worten: „Hunde finden es immer am besten, wenn sie in Ruhe gelassen werden." (Stimmt das? Große Entschuldigung an wahre Hundekenner, aber es hat funktioniert.) Der Mann erzählte mir noch etwas von den wunderbaren Eigenschaften seines Hundes, bis wir uns an der Straßenecke trennten. Mir zitterten die Knie, immerhin hatte ich es riskiert, eine Gruppe angetrunkener Punks gegen mich aufzubringen, aber ich war froh, es gewagt zu haben. Mir ist nicht wichtig, ob ich eine langfristige Änderung in Gang gesetzt habe. Aber ich hatte eine augenblickliche Not gelindert, ich hatte das getan, was ich als notwendig erkannt hatte.

ERKENNTNIS

Das Rechte erkennen und nicht tun,
ist Mangel an Mut.

*Konfuzius**

MEDITATION

Heute will ich eine Sache wagen, von der ich weiß, dass sie richtig ist.

LEBENSMUT

lehrt uns, dass Angst keine Schande ist

Bei einer Geburtstagsfeier kam ich mit einem alten Mann ins Gespräch, den ich schon seit vielen Jahren als gebildet und heiter kannte. Ich wusste, dass er in einer Kirche engagiert war und dass sein Glauben ihm sein Leben lang Kraft gegeben hatte.

Doch an diesem Abend erschien er mir anders als je zuvor. Die anderen Gäste waren in fröhlicher Stimmung. Etliche hatten einander lange nicht gesehen und es gab viel zu erzählen. Der alte Mann wirkte bedrückt und ich fragte ihn, wie es ihm geht. Nach einigen allgemeinen Bemerkungen begann er unvermittelt von seiner Soldatenzeit zu erzählen. 60 Jahre waren vergangen, doch an diesem Abend war alles wieder ganz nah. Die Worte kamen stockend, zögernd und irgendwann sagte er: „Ich hatte ganz schön die Hosen voll." Und dann lachte er etwas verschämt.

Dieser Mann hatte in einer lebensbedrohlichen Situation Angst gehabt, so viel Angst, dass sie 60 Jahre später immer noch im Hintergrund lauerte. Und er war sich nicht ganz sicher, wie er das heute ausdrücken soll. Doch die Angst des jungen Soldaten konnte seinen Lebensmut nicht zerstören. Sie ist keine Schande, sie ist einfach ein Bestandteil seines Lebens. Der Krieg ging zu

Ende, aus dem jungen Soldaten wurde ein Familienvater, ein erfolgreicher Kollege, ein hilfreiches Gemeindeglied. Die Angst war nicht verschwunden, doch der Lebensmut hatte sich durchgesetzt.

Nicht die Angst ist eine Schande, sondern die Tatsache, dass Menschen Kriege führen.

ERKENNTNIS

Angst ist manchmal die einzig richtige Reaktion.

MEDITATION

Heute will ich mir verzeihen, dass ich manchmal ängstlich bin.

LEBENSMUT

lehrt uns, unseren Körper zu behandeln wie einen Freund

Eines der Kriterien für das Abhängigkeitssyndrom von Substanzen wie Alkohol, Medikamenten oder Tabak ist „Fortschreitende Vernachlässigung anderer Vergnügungen oder Interessen". Vernachlässigung der wahren Bedürfnisse des Körpers gehört meiner Erfahrung nach zu den wesentlichen Begleiterscheinungen süchtigen und suchtähnlichen Verhaltens. Ich fixiere mich so stark auf ein einziges Ziel, auf eine einzige Aktivität, dass ich die materielle Basis meines Lebens, meinen Körper völlig vernachlässige. Ich arbeite so viel, dass ich nicht mehr schlafe. Ich grüble so intensiv über meine Probleme nach, dass ich keine Zeit mehr habe, mir in Ruhe ein wohlschmeckendes Essen zu kochen. Manchmal sind wir so sehr in angstvoll-zwanghaften Aktivitäten gefangen, dass wir uns nicht mehr waschen, geschweige denn Zeit für einen friedlich-erholsamen halbstündigen Spaziergang finden. Wir weisen dann vielleicht darauf hin, dass wir jeden Tag im Fitness-Studio trainieren, um in Form zu bleiben.

Eine Frau, die Beratung wegen ihrer Ess-Störung suchte, ließ sich das Konzept erklären, vor allem den wahren Hunger des Körpers wiederzufinden und stimmte begeistert zu. Ja, das könnte die Lösung sein. Als sie sich in der Tür verabschiedete, sagte sie: „Ich mache das bestimmt. Aber ab heute will ich erstmal zwei Wochen fasten."

Was würden wir tun, wenn wir unseren Körper voller Lebensmut betrachten könnten? Was würden wir tun, wenn wir unseren Körper behandeln könnten wie einen guten Freund?

Zuerst einmal würden wir ihm zugestehen, was er wirklich braucht: Atemluft, Wasser, Nahrung, Bewegung, Entspannung, Schlaf. Manche Menschen wissen besser, was ihr Auto braucht, als was ihr Körper braucht.

Würden Sie einem Freund etwas aufdrängen, was er gar nicht will? Würden Sie einem Freund abverlangen, wozu er nicht in der Lage ist? Würden Sie einen Freund beschimpfen und abwerten? Würden Sie eine Freundschaft strapazieren, bis sie zerbricht? Liebe, Geduld und Dauer sind die tragenden Säulen jeder Freundschaft. Schauen Sie in den Spiegel! Dort steht Ihr treuster Freund. Behandeln Sie ihn so.

ERKENNTNIS

Mein Körper ist mein bester Freund, wenn ich ihn so behandle.

MEDITATION

Heute will ich meinem Körper in mindestens einer Situation etwas Gutes tun.

LEBENSMUT

hilft uns, unsere Wünsche hinter sinnloser Angst zu erkennen

Die Frau besaß seit 30 Jahren den Führerschein und war bis vor kurzem mit ihrem Kleinwagen überall hingefahren. Vor einiger Zeit war ihr Mann in Rente gegangen und hatte sich in Haus und Garten so viele Aufgaben gesucht, dass er von morgens bis abends beschäftigt war. Als die Frau zu ihrem ersten Beratungsgespräch kam, brachte er sie in seinem gepflegten, geräumigen Kombi, denn sie konnte nicht mehr Autofahren. Sie hatte plötzlich und unerklärlich unbezwingbare Angst davor bekommen, sich selbst ans Steuer zu setzen. Der Kleinwagen stand schon einige Zeit ungenutzt in der Garage.

Die Frau gönnte ihrem Mann seinen Ruhestand und sie gönnte ihm die Freude an der Haus- und Gartenarbeit. Doch ihr Leben war eng geworden. Voller Elan kochte er jetzt das Essen und entschied, wann Hausputz gemacht werden musste. Den Garten gestaltete er um und schuf ein blühendes Paradies. Wenn seine Frau bislang selbst verantwortlich gewesen war, beschränkte sich ihre Rolle jetzt auf die einer Helferin. Ihre Nachbarn riefen über den Gartenzaun: „Na, Sie haben es jetzt gut!“

Und dann kam die Angst vor dem Autofahren.

Das war unerklärlich. Was konnte das bedeuten? Nach und nach kamen wir den wahren Wünschen dieser Frau auf die Spur. Sie wollte sich ausbreiten, sie wollte raus aus der Enge – und sie wollte den ehelichen Frieden aufrechterhalten. Das schien ihr ein unlösbarer Konflikt. War ihre Ehe gefährdet, wenn sie ihrem Wunsch nach Erweiterung ihres Lebensraums nachkam? Die Angst vor dem Autofahren war eine Art Sicherheitsmechanismus. Sie konnte ja gar nicht weg, also musste sie alles so lassen, wie es war.

Als die Frau erkannte, dass zwar ihr Mann jetzt glücklich war, sie sich ihr Leben aber anders vorgestellt hatte, fielen ihr auch Möglichkeiten ein, ihren Wunsch nach Ausweitung zu erfüllen, ohne gleich Knall auf Fall davonzurennen. Sie begann – zunächst mit der Bahn – kleine Reisen zu unternehmen, allein, mit einer Freundin und gelegentlich auch mit ihrem Mann. Und schließlich setzte sie sich wieder ans Steuer. Die zunächst so sinnlos scheinende Angst vor dem Autofahren hatte sie zu ihren wahren Wünschen gebracht.

ERKENNTNIS

Ängste können unsere wahren Wünsche verbergen.

MEDITATION

Heute bitte ich darum, den Wunsch hinter meiner Angst zu erkennen.

LEBENSMUT

lässt uns wagen, die Kontrolle aufzugeben

Von der sowjetischen Weltmacht ist nicht viel geblieben, doch bis heute überlebt hat der Lenin* zugeschriebene Satz: „Vertrauen ist gut, Kontrolle ist besser." Der Kontrollierende wird hier dargestellt als der wahrhaft Kluge, der mit der Unzulänglichkeit seines Gegenübers rechnet und durch sein mangelndes Vertrauen für ein gutes Ergebnis sorgt. Ich erlebe allerdings viel häufiger, dass die Kontroll-Devise Probleme erzeugt, anstatt sie zu lösen.

Menschen, die aus Mangel an Vertrauen kontrolliert werden, reagieren überrascht, enttäuscht, verärgert und, wenn die Kontrolle anhält, entmutigt und demotiviert. Worauf der Kontrollierende triumphiert: „Ich wusste ja, dass Du ohne Kontrolle nichts richtig machst ..."

Es gehört Mut dazu, in Menschen Vertrauen zu setzen und die Kontrolle aufzugeben. Doch die Vorteile sind enorm. Vertrauensvolle Beziehungen sind die Basis eines angstfreien Lebens und das Aufgeben der Kontrolle erspart eine Menge Arbeit. Schließlich hat der Vorgesetzte Recht, der verzweifelt ausruft: „Wenn ich alles kontrollieren muss, kann ich es ja auch gleich selber machen."

Lebensmut kann uns helfen, Vertrauen zu fassen und den Menschen, mit denen wir umgehen, etwas zuzutrauen.

ERKENNTNIS

Hinter Kontrolle steckt oft nicht Klugheit, sondern Angst.

MEDITATION

Heute unterlasse ich es, in einer kleinen, nicht so wichtigen Angelegenheit nachzukontrollieren – und akzeptiere das Ergebnis.

LEBENSMUT

rät uns, Neues zu wagen

Ich liebe Rituale. Nichts ist für mich beruhigender, als das Eröffnungs- und das Schluss-Ritual in den 12-Schritte-Gruppen, an denen ich seit vielen Jahren teilnehme. Doch nach einiger Zeit stellte ich fest, dass ich das Ritual nicht einfach nur genoss – ich bestand darauf, dass es stattfand. Als ich zu anderen Gruppen eingeladen wurde, um Vorträge zu halten, wurde ich ganz unruhig, weil das gewohnte Ritual fehlte. Ich merkte, dass das geliebte Ritual sich in eine Kette an meinem Fuß verwandelt hatte und dass ganz im Hintergrund Angst vor Ungewohntem rumorte.

Die Psychologin Ruth Cohn* hat den Satz geprägt: „Ehrfurcht gebührt allem Lebendigen und seinem Wachstum." Doch ein Ritual kann, wenn es zur fest zementierten Pflicht wird, lebendiges Wachstum verhindern. Was kann mir schon passieren, wenn ich etwas Neues wage? Das Schlimmste ist, dass ich einige festgefügte Überzeugungen aufgebe.

Das menschliche Gehirn ist lebenslang zum Wachstum in der Lage, doch nur, wenn es immer wieder neue Anregungen erhält. Also begann ich, mich zurückzulehnen und zu fragen: „Wie wird es wohl in dieser Gruppe laufen?" Die Offenheit Neuem gegenüber hat mir einige schöne und einige weniger schöne Erfahrungen beschert. Sie hat vor allem aber den Ausschnitt der Welt vergrößert, mit dem ich vertraut geworden bin.

ERKENNTNIS

Neues zu erleben, ist wohl immer auch mit Angst und Unsicherheit verbunden. Lebensmut kann die Angst in Entdeckerfreude verwandeln.

MEDITATION

Heute verändere ich probehalber eine meiner Lebensroutinen und freue mich an der neuen Erfahrung.

11. WOCHE

LEBENSMUT

hilft uns, das Alte zu würdigen

Wenn Menschen ihre Berufslaufbahn verändern, tun sie das oft, weil sie mit ihrer bisherigen Tätigkeit unzufrieden sind. Manchmal gehen sie mit fliegenden Fahnen an die neue Aufgabe und wollen von der Vergangenheit nichts mehr wissen. Doch so unbefriedigend der bisherige Lebensabschnitt auch gewesen sein mag, vollständige Verdammnis des Vergangenen ist meist nicht lange zufriedenstellend.

Lebensmut kann uns die Größe geben, auch das zu würdigen, was vergangen ist und nicht mehr zu uns passt.

Ich freue mich immer, wenn ich die Gelegenheit habe, den leckeren Kuchen zu essen, den ein gelernter Bäcker mit großer Liebe herstellt – auch wenn er schon seit Jahren in einem anderen Beruf arbeitet und wohl nie wieder in die Backstube zurückkehren wird.

Als ich vor einigen Jahren ratlos vor der Aufgabe stand, Kursteilnehmern rechtliche Aspekte in der Suchtkrankenhilfe zu erklären, half mir mein Mann mit Kenntnissen aus seiner fast vergessenen Justizverwaltungslehre. Er hat es nie bedauert, diese Laufbahn aufgegeben zu haben, doch wir schickten seinem alten Ausbildungsplatz in Gedanken ein herzliches Dankeschön.

ERKENNTNIS

Nur weil etwas vergangen ist, muss es nicht wertlos sein.

MEDITATION

Heute erinnere ich mich an eine Station aus meiner Vergangenheit, die ich bislang nicht gewürdigt habe und öffne mich für den Gedanken, dass sie ein Baustein war für die glücklichere Lage, in der ich heute bin.

12. WOCHE

LEBENSMUT

lehrt uns, nach den Weisheiten kluger Optimisten Ausschau zu halten

Friedrich Schiller* hatte lange Zeit die Hoffnung, dass das Erleben von Kunst und Kunstwerken den Boden bereiten könnte für eine Erziehung des Menschen zum Guten. Er hoffte, dass die Sensibilisierung durch Kunst empfänglich macht für die Entwicklung zum wahrhaft Menschlichen. Doch das wahrhaft Menschliche besteht (leider) nicht nur aus dem Guten und Schönen. So müssen wir, wenn wir Kunst und Literatur in unser Leben holen, die Auswahl treffen, die unseren Zielen entspricht.

Als ich vor einigen Jahren meinen Beratungsraum einrichtete, beschloss ich, dass das Bücherregal, das ich in das Zimmer stellte, nur lösungsorientierte Literatur enthalten sollte. Ich dachte, dass die Klienten Probleme genug mitbrachten, da sollte sie nicht auch noch das Elend der Menschheit in Form von Buchrücken anstarren. In einem Zuge überprüfte ich meine Lektüregewohnheiten. Ich war im Laufe der Jahre zu einer Krimi-Expertin geworden und sammelte die Arbeiten bestimmter Autoren. Mit anderen Worten: Ich entspannte mich dabei, zu lesen, wie Menschen getötet werden – ein Mord findet ja in jedem Krimi statt. Gut, am Ende wird der Fall meist aufgeklärt, aber im richtigen Leben interessierte ich mich eher dafür, wie Menschen verhindern können, dass sie Lebendigkeit vernichten.

Es brauchte einigen Mut, mich entsprechend meiner Erkenntnisse zu verhalten. Würde ich jetzt eine Spaßbremse, die sich mit puritanischer Erbauungsliteratur langweilt? Sei's drum, ich verkaufte meine Krimi-Sammlung und suchte neue Entspannungsliteratur. Heute lese ich in meiner Freizeit Lebensgeschichten von Menschen, die durch schwierige Zeiten hindurch zur Zufriedenheit gekommen sind. Nicht jede Biografie ist ein Dokument der persönlichen Fortentwicklung, doch die Zahl der klugen Optimisten unter den Biografie-Schreibern ist gar nicht so klein.

Bei meiner neuen Auswahl konnte ich übrigens einer meiner alten Krimi-Lieben die Treue halten. Agatha Christies* Autobiografie („Meine gute alte Zeit") endet nämlich mit den Worten:

„Was kann ich als Fünfundsiebzigjährige sagen? ‚Danke, lieber Gott, für mein gutes Leben, für all die Liebe, die mir geschenkt wurde.'"

ERKENNTNIS

Auch positive Erkenntnisse können unterhaltsam sein.

MEDITATION

Heute halte ich Ausschau nach der Weisheit kluger Optimisten.

13. WOCHE

LEBENSMUT

lehrt uns, die verschiedenen Ebenen des Lebens kennenzulernen

Erwachsene Menschen sind selten von vornherein ausgewogen und auf allen Ebenen des Lebens gleichermaßen kompetent. Das führt oft dazu, dass wir die Bereiche, die uns schwer fallen, meiden und nicht kennenlernen. Doch Dinge, die uns unvertraut sind, lösen leicht Angst und Abwehr aus – ein Zustand, der wenig geeignet ist, Lebensfreude zu erzeugen. In meinen jungen Jahren habe ich als Journalistin gelernt, mich erst einmal für alles zu interessieren. In einer Lokalredaktion kann man sich am selben Tag mit komplizierten Umweltfragen, einer Ausstellung von Rassekaninchen und einer Dichterlesung befassen – und an allem etwas Interessantes finden.

Eine intelligente junge Frau, die sicher in einer Geisteswissenschaft ihren Weg machen wird, erzählte mir einmal, dass sie nicht gelernt hat zu kochen und zu nähen. Das mache entweder ihre Mutter oder sie kaufe sich das Notwendige.

Ich konnte sie zu einem Experiment überreden: Mit Hilfe eines einfachen Kochbuchs mindestens eine Mahlzeit zuzubereiten und auch einmal Nadel und Faden in die Hand zu nehmen. Sie hatte großen Spaß bei diesem Selbstversuch. Auch wenn die klassischen hausfraulichen Fähigkeiten in der Zukunft wahrscheinlich keinen großen Raum in ihrem Leben einnehmen werden, hat sie ein Stück Kompetenz hinzugewonnen und kann sich abwehrende Reaktionen in Zukunft sparen.

Mein eigener 70er-Jahre-Musikgeschmack hindert mich übrigens nicht daran, von Zeit zu Zeit eine CD zu kaufen, die eigentlich ganz daneben liegt. Manche dieser Käufe gebe ich ziemlich schnell weiter, aber es waren schon beglückende Funde dabei.

ERKENNTNIS

Lebensmut hilft uns, Bereiche auszuloten, die uns sonst durch Angst und Abwehr verschlossen blieben.

MEDITATION

Heute will ich mich für eine kurze Zeit mit einer Sache beschäftigen, die ich für meine gewöhnliche Lebensführung als vollkommen abseitig empfinden würde.

14. WOCHE

LEBENSMUT

hilft uns zu lieben, wer wir sind

Menschen, die Besinnungsbücher lesen, sind oft entschlossen, an sich zu arbeiten. Das ist sicher ein lobenswertes Unterfangen, doch ergibt sich nicht selten ein besonderer Typ von Schwierigkeiten: Wir starren konzentriert auf die angestrebte Veränderung und lehnen gleichzeitig konsequent den augenblicklichen Zustand ab.

Eine Frau aus meinem Bekanntenkreis hasst Fotos, auf denen sie abgebildet ist, weil sie in ihrem sportlichen Training bestimmte Ziele des Muskelaufbaus noch nicht erreicht hat – und das auf den Bildern zu sehen ist. Sie vergisst dabei ganz, dass sie schon heute hübsch, schwungvoll und eine sehr gute Freundin ist.

Ich kann mir keinen Maurer vorstellen, der im Prozess des Hausbaus begriffen ist und das Fundament hasst, weil man darin noch nicht wohnen kann. Er wird vielmehr in jeder aufgemauerten Reihe das zukünftige Haus sehen und sich am Abend jeden Arbeitstages daran freuen, wie weit er schon gekommen ist. Mein Mann und ich haben unser Haus, wie wir es nennen, in „Pueblo-Bauweise" erstellt – im Laufe der Jahre wurde ein Teil ans andere gebaut. Unser ältester Hausteil ist auf Feldsteinen gegründet, was diesen Bereich im Winter unangenehm feucht, aber im Sommer wundervoll kühl macht. Wir halten die Räume durch Renovierungsarbeiten in Schuss, doch die Gründung auf Feldsteinen bleibt – mit all ihren Vor- und Nachteilen.

Lebensmut hilft uns, nicht nur die Person zu lieben, die wir werden könnten, sondern auch unsere Grundlagen so zu nehmen, wie sie sind.

ERKENNTNIS

Wir sind nicht erst dann liebenswert, wenn wir alles ausgetauscht und verbessert haben, was uns ausmacht.

MEDITATION

Heute besinne ich mich auf mein Fundament – möge es mehr oder weniger stabil sein – und liebe das, was ich vorfinde.

15. WOCHE

LEBENSMUT

lässt uns eine Nische finden, in der wir leben können

Als ich in den 70er-Jahren begann, mich mit ökologischen Fragen zu befassen, hatten weltweit Menschen – Wissenschaftler und gewöhnliche Bürger – angefangen darüber nachzudenken, was wir unserer Erde antun und wie eine globale Katastrophe abgewendet werden kann. Die Erkenntnisse dieser Jahre haben insgesamt nicht zu einem pfleglicheren Umgang mit der Welt geführt, doch was mich seitdem beschäftigt, ist das Konzept der ökologischen Nische.

Je mehr ich über Ökosysteme erfuhr, umso tiefer wurde meine Bewunderung für die Findigkeit allen Lebens. Nischen für Leben gibt es offenbar an den unwahrscheinlichsten Orten. Der Wirtschafts- und Sozialstatistiker Walter Krämer* und der Psychologe Gerald Mackenthun haben in ihrem provokativen Buch „Die Panik-Macher“ einige Argumente für die Sichtweise gebracht, dass Wandlung nicht Vernichtung bedeuten muss. „Der Platz, an dem diese Zeilen gerade geschrieben werden,“ heißt es da, „ein idyllisches Grundstück am Steinhuder Meer in Niedersachsen, lag vor 15 000 Jahren unter einer meterdicken Eisschicht begraben und wird in weiteren 15 000 vielleicht wieder unter Eis begraben sein. Vielleicht werden hier aber auch Giraffen unter Palmen grasen.“ Weit entfernt von einer zynischen Alles-egal-Haltung geben die Autoren Anstöße, Veränderung, ja Zusammenbruch bisheriger Strukturen, nicht als das Ende aller Dinge zu sehen.

Lebensmut lässt mich darauf vertrauen, dass das Leben immer eine Nische findet.

ERKENNTNIS

Alles wird anders. Immer.

MEDITATION

Heute will ich meine persönliche Nische im Leben erkennen und schätzen.

16. WOCHE

LEBENSMUT

lässt uns tragen, was auf unseren Schultern liegt

„Mir wird nicht mehr aufgeladen, als ich tragen kann."

Diese Aussage klingt für Menschen in belasteten Situationen wie Hohn. Doch vielleicht liegt das an der stillschweigenden Implikation, der Satz enthalte die Voraussetzung, dass ich ganz allein tragen muss, was auf meinen Schultern liegt.

Ein Mann, der nach einer lebensbedrohlichen Erkrankung im Krankenhaus lag, wusste sehr wohl, dass es sein Körper war, der kurz vor dem Versagen stand und dass es sein Verstand und sein Gefühl waren, die angstvoll um die Möglichkeit des Sterbens kreisten. Doch als er nach langer Krankheit einigermaßen wiederhergestellt war, sagte er seinen Freunden: „Geholfen hat mir, dass Ihr mich besucht habt – und meine höhere Macht." Er konnte tragen, was auf seinen Schultern lag, weil er sich dafür geöffnet hatte, es nicht ganz allein tragen zu müssen.

Auch nach der Krankenhausentlassung war dieser Mann gesundheitlich beeinträchtigt und konnte sein früheres aktives Leben nicht wieder aufnehmen. Doch wer mit ihm zu tun hatte, hörte kein Wort der Klage. Lebensmut war das Geheimnis, mit dessen Hilfe er jeden Tag das trug, was ihm aufgeladen war. Er wirkte manchmal belastet, aber niemals niedergedrückt.

ERKENNTNIS

Ich muss manchmal Lasten tragen, aber ich muss meine Last nicht allein bewältigen.

MEDITATION

Heute erstelle ich eine Liste der Personen, die mir helfen können, das zu tragen, was auf meinen Schultern liegt.

17. WOCHE

LEBENSMUT

lässt uns wagen, uns selbst ehrlich zu betrachten.

Die Psychologen Harry Ingram und Joseph Luft haben ein Schema entwickelt, das uns helfen kann, uns selbst zu erkennen, das Johari-Fenster. Es schildert vier Bereiche, in denen wir uns selbst wahrnehmen können. Der erste Bereich ist die öffentliche Person. Das ist die Art, wie wir selbst uns darstellen und andere Menschen uns im täglichen Leben wahrnehmen. Der zweite Bereich ist die private Person. Das sind Eigenschaften, die wir zwar an uns selbst kennen, die wir aber verborgen halten. Mit beiden Bereichen sind wir vertraut und fühlen uns sicher.

Lebensmut hilft uns, weiter zu gehen. Mit Lebensmut gehen wir das Wagnis ein, uns in den dritten Bereich vorzuwagen, den Blinden Fleck. Das sind Eigenschaften und Verhaltensweisen, die andere an uns wahrnehmen, die wir aber selbst nicht erkennen (oder wahrhaben wollen). Der Blinde Fleck zeigt sich oft, wenn wir eine Rückmeldung bekommen, die wir empört von uns weisen: Nein, so können wir nicht sein! Das ist ja eine Unverschämtheit. Wir sind ganz anders!

In solchen Situationen gehört viel Mut dazu, sich zu besinnen und ehrlich zu prüfen: Kann irgendetwas dran sein, an der unbequemen Rückmeldung? Ist ein Körnchen Wahrheit darin? Wir können wachsen, wenn wir unseren Blinden Fleck verkleinern und das geht nur, wenn wir zulassen, dass andere Menschen uns Dinge sagen, die – vielleicht übertrieben, vielleicht unfreundlich – aber doch erhellend sind.

Lebensmut gibt uns größere Ehrlichkeit. Und damit schaffen wir Raum, auch den vierten Bereich mehr und mehr ins Bewusstsein zu heben: Das Unbewusste, den Bereich, den weder wir selbst noch andere Menschen kennen.

ERKENNTNIS

Auch ungerechte, unfreundliche Rückmeldungen können ein Körnchen Wahrheit enthalten.

MEDITATION

Heute nehme ich mir die Zeit, über eine Rückmeldung nachzudenken, die mir unzutreffend erscheint. Mutig prüfe ich, ob ich darin etwas über mich lerne.

Ich kann es wagen

Wenn ich heute daran gehe, auf mein bisheriges Leben zurückzuschauen, weiß ich: Ich kann es wagen.

Jeder Schmerz ist bereits erlitten.
Jede Freude ist bereits gefreut.

Ich brauche keine Angst zu haben.

Keines der Ereignisse meines bisherigen Lebens muss erst noch gelebt werden. Alles ist bereits geschehen.

Wo es Wunden gab, trage ich bereits die Narben in mir.

Wo es Heilung gab, spüre ich bereits das Heilsame in mir.

Wo es andere Menschen gab, bin ich ihnen bereits begegnet.

Wo es Chancen zu ergreifen gab, habe ich es bereits getan.

Wo es Züge zu verpassen gab, sind sie bereits abgefahren.

Heute gilt es nur, sich alles noch einmal anzuschauen, wie einen wechselvollen Film voller Schmerz und voller Schönheit.

Ich werde allem nachspüren, werde die Bilder auftauchen lassen, die Geräusche, die Gerüche, den Geschmack dieses Lebens und ich werde wissen: Alles ist bereits geschehen, es sind nur Erinnerungen.

Und auch vor dem Menschen, der das alles erlebt hat, brauche ich keine Angst zu haben. Das bin doch bloß ich.

18. WOCHE

LEBENSMUT

hilft uns, die Tiger mit Klugheit zu dressieren

Als junge Journalistin hatte ich zweimal die Gelegenheit für ein Interview mit Gerd Siemoneit-Barum*. Er war damals auf der Höhe seines Ruhmes als Zirkuschef und vor allem als Dompteur einer gemischten Raubtiergruppe. Wie er in die Manege ging, meist in Reithosen und einem Khakihemd, das war der Inbegriff von Mut und Gelassenheit. Strahlend lächelnd, locker und freundlich dirigierte er den Käfig voller Bestien. Der Mann hat vor nichts Angst, dachte ich nach der Vorstellung. In seinem Bürowagen erhielt ich einen Eindruck davon, aus welchen Aspekten sich sein Mut wohl zusammensetzte. Da war an erster Stelle sicherlich Begeisterung und Leidenschaft. Dieser Mann liebte Zirkus und er liebte Raubtiere. Der zweite Faktor war großes Wissen. Gerhard Siemoneit-Barum wusste wohl alles über das Verhalten der großen Raubkatzen, was es zu wissen gibt. Und der dritte Faktor schien mir Disziplin und Verantwortung zu sein. Die Disziplin, immer in einem reaktionsfähigen Zustand zu sein und die Verantwortung, als Chef eines großen Unternehmens nicht leichtfertig Risiken einzugehen.

Vor kurzem hörte ich, dass dieser von mir so bewunderte Mann den nächsten mutigen Schritt gemacht hat: Er hat seine

Abschiedsvorstellung im Raubtierkäfig gegeben. Er sagte, er habe festgestellt, dass er droht, nicht mehr reaktionsschnell genug zu sein für seine gefährlichen „Mitarbeiter". In seinem Buch „Die Kunst, mit dem Tier im Menschen umzugehen", hat er jetzt seine Erfahrungen mit den Raubtieren auf menschliche Psychologie übertragen.

Lebensmut hilft uns, in schwierigen Situationen mit Umsicht und Klugheit zu handeln.

ERKENNTNIS

Ein Raubtierdompteur ist nicht hart und nicht weich, er ist fest.

MEDITATION

Heute will ich die Festigkeit üben.

19. WOCHE

LEBENSMUT

lässt mich meine Beziehungen schätzen

Aus welchen Elementen setzt sich der Text eines erfolgreichen Pop-Songs zusammen? Am wichtigsten ist wohl, dass es um Liebe geht. Beliebt ist auch noch die einzige Liebe, ohne die das Leben keinen Sinn hat. Die Klage um die verlorene einzige Liebe macht sich auch immer gut. Wir hören im Radio, im Fernsehen, auf CD oder MP3-Player täglich solche Lieder. Der Musikstil ist dabei unwichtig. Harte Rapper befassen sich genauso mit einzigartigen Beziehungen wie Volksmusikanten.

Was, wenn diese einzigartige Beziehung getrübt ist? Wenn ich allein lebe oder in einer Beziehungskrise?

Lebensmut hilft mir, den Tunnelblick zu erweitern und nicht nur auf eine einzigartige Liebesbeziehung zu starren. Lebensmut lässt mich alle meine Beziehungen schätzen. Wenn ich den Blick aufhebe, sehe ich vielleicht alte Freunde und Verwandte. Ich sehe Vereinsmitglieder, die mit mir dasselbe Hobby teilen. Ich sehe Kolleginnen und Kollegen oder Nachbarn. Das sind Menschen, die wahrscheinlich nicht jede Stunde des Tages mit mir teilen. Dennoch bilden sie das Netz meiner Beziehungen, das in schönen und in schwierigen Tagen ein wichtiger Aspekt meines Lebens ist.

Ich bin eine Frühaufsteherin und treffe manchmal morgens um fünf die Zeitungsträgerin. Ein freundlicher Gruß und ein paar nette Worte sind ein guter Start in den Tag.

ERKENNTNIS

Meine guten Beziehungen bestehen aus vielen Menschen. Einige von ihnen treffe ich selten. Auch sie will ich würdigen.

MEDITATION

Heute beginne ich damit, eine Liste der Menschen anzulegen, mit denen ich in Beziehung bin. Ich würdige jede einzelne Person auf dieser Liste.

20. WOCHE

LEBENSMUT

lässt mich Menschen finden, die mir weiterhelfen

In dem Formular meines Wochenplaners, das ich jeden Sonntag ausfülle, gibt es eine Rubrik: „Was kann ich delegieren?"

Wochenlang habe ich über der Frage gebrütet und immer wieder ein frustriertes „Nichts" hineingeschrieben. Ich habe keine Angestellten und ich denke meistens, dass ich das auslöffeln muss, was ich mir eingebrockt habe. Doch eines Tages kam die Erleuchtung. Ich formulierte die Frage um und dachte jetzt darüber nach: „Wer kann mir helfen?"

Dann war es leicht. Mein Coach hilft mir mit einem Rat. Meine beste Freundin hilft mir, indem sie mir zuhört. Die nette Dame aus dem Copyshop hilft mir, indem sie kurzfristig einen fetten Stapel Kopien herstellt und seminarfertig sortiert. Mein Mann hilft mir, indem er mir eine Grafik zur Verfügung stellt, die er eigentlich für einen eigenen Vortrag angefertigt hat. Und bei diesen, mir bereits bekannten Helfern bleibt es nicht.

Wenn ich mutig danach suche, finde ich immer wieder Menschen, die mir in kleinen oder großen Situationen helfen.

ERKENNTNIS

Sicher finde ich die helfende Hand am Ende meines eigenen Arms, doch eine zusätzliche Hilfe macht vieles leichter.

MEDITATION

Heute will ich mich an Menschen erinnern, die mir bereits geholfen haben – sie sind einer meiner kostbarsten Schätze.

21. WOCHE

LEBENSMUT

lässt mich den Menschen, mit denen ich lebe, helfen

In meiner Praxis berate ich oft Menschen, die zu dieser Zeit allen Mut verloren haben. Nach einer Weile erzählte mir eine Frau, die sich immer noch als unglücklich und voller Kummer erlebte, von einem Gespräch mit einer Verwandten und wie sie selbst Erkenntnisse weitergegeben hatte, die ihr in den vergangenen Wochen geholfen hatten.

Meine Klientin war erstaunt, wie hilfreich sie sein konnte, obwohl ihr eigener Zustand keineswegs perfekt war. Doch ihr Lebensmut war gewachsen und so war auch ihre Fähigkeit gewachsen, zu erkennen, was einem anderen Menschen helfen konnte.

Auf diesem Prinzip basiert die Selbsthilfe. In Gruppen und Einzelgesprächen geben hier Menschen, die unter einem Problem gelitten haben, ihre Erfahrungen weiter. Für diese Art Hilfe ist es nicht entscheidend, dass der Helfer alle Probleme seines Lebens vollständig gelöst hat. Es reicht, Erfahrung, Kraft und Hoffnung zu teilen.

Welche Hilfe ich den Menschen, mit denen ich lebe, geben kann und will, hängt von vielen Faktoren ab.

Doch eins ist unverzichtbar: Ich teile meinen Lebensmut mit ihnen.

ERKENNTNIS

Ich kann hilfreich sein, bevor ich perfekt bin.

MEDITATION

Heute helfe ich einem Menschen, indem ich ihm von meinem Lebensmut abgebe.

22. WOCHE

LEBENSMUT

lässt mich die Gesellschaft mitgestalten

Im Rahmen ihrer Ausbildung müssen sich angehende Heilpraktiker/innen für Psychotherapie auch mit Rechtsfragen beschäftigen. Das ist immer eine gute Gelegenheit, sich an das Grundgesetz der Bundesrepublik Deutschland zu erinnern. „Die Würde des Menschen ist unantastbar," beginnt der erste Artikel. „Sie zu achten und zu schützen ist Verpflichtung aller staatlichen Gewalt. Das Deutsche Volk bekennt sich darum zu unverletzlichen und unveräußerlichen Menschenrechten als Grundlage jeder menschlichen Gemeinschaft, des Friedens und der Gerechtigkeit in der Welt." Die Väter und Mütter des Grundgesetzes standen unter dem Eindruck der furchtbaren Zeit des Faschismus und der Grauen des Zweiten Weltkrieges. Dennoch hatten sie den Mut, auf ein neues Leben nicht nur zu hoffen, sondern es zu gestalten.

Wir alle wissen, dass es mit der Absichtserklärung eines Gesetzes nicht getan ist. Gesellschaft muss gestaltet werden – jeden Tag aufs Neue. Viele Menschen haben die Geduld verloren und wenden sich von organisierten Formen der Gesellschaftsgestaltung ab. Doch die Ziele des Grundgesetzes – Frieden und Gerechtigkeit in der Welt – sind Ziele nicht nur für die Gesellschaft, sie sind Grundlage allen Lebens.

Lebensmut lässt uns Wege finden, die Gesellschaft mitzugestalten. Wenn wir in jeder Gemeinschaft, der wir angehören, für Frieden wirken und für gerechten Ausgleich sorgen, sind wir Teil der Vision, die half, die Schrecken des Krieges zu überwinden.

ERKENNTNIS

Schreckliche Zeiten können überwunden werden, wenn wir eine Vision von einer friedlichen und gerechten Welt haben.

MEDITATION

Heute will ich mich darauf besinnen, wie ich an einer friedlichen Gesellschaft mitwirken kann.

23. WOCHE

LEBENSMUT

lässt mich einen Weg finden, um Einfluss zu nehmen

Die Position meiner Eltern zum Thema „Gesellschaftlicher Einfluss“ war eindeutig: „Die da oben machen sowieso, was sie wollen“. Glücklicherweise glaubt die Jugend nicht so leicht, was ihr gesagt wird und ich machte eigene Erfahrungen. Ich kenne keinen gangbaren Weg nach Utopia, doch ich erlebe immer wieder, wie Menschen Einfluss nehmen.

Der Journalist Malcolm Gladwell* hat in seinem Buch „Der Tipping Point“ Beispiele gesammelt, wie kleine Dinge Großes bewirken können. In einer Geschichte schildert er, wie die Stadt New York 1990 den Höchststand der Verbrechensrate erreicht hatte. Doch nur wenige Jahre später waren die Straßen von New York nicht unsicherer als die anderer Großstädte geworden. Dazu hatten sicherlich viele Faktoren beigetragen. Doch ein wichtiger Beitrag zu einer großen Wirkung war klein. Die Kriminologen James Q. Wilson und George Kelling hatten die „Broken-windows-Theorie“ entwickelt und behauptet, dass relativ kleine äußere Signale wie Graffiti, Unordnung, aggressives Betteln und zerbrochene Fenster in leerstehenden Gebäuden eine Art Einladung für Verbrechen sind. Sie konnten den Direktor des U-Bahn-Systems davon überzeugen, viel Geld für die Renovierung der Züge aufzubringen und Vandalismus sofort zu beseitigen. Der damalige New Yorker Bürgermeister Rudolph Giuliani übertrug das System auf andere Bereiche des öffentlichen Lebens – mit großen Folgen.

Kleine Ursachen können große Wirkungen haben und jeder Mensch kann eine solche kleine Ursache auslösen.

ERKENNTNIS

Ich kann vielleicht nur kleine Wirkungen erzeugen, doch auch meine mutlose Passivität ist eine Ursache, die Wirkungen erzeugt.

MEDITATION

Heute besinne ich mich auf die Anlässe, bei denen kleine Handlungen positive Wirkungen ausgelöst haben.

24. WOCHE

LEBENSMUT

lässt mich den Platz finden, an dem ich wirksam sein kann

Sie war eine alleinerziehende Mutter und brachte sich und ihren Sohn durch Bandarbeit in einer großen Fabrik durch. Sie hatte nur eine einfache Ausbildung, doch sie interessierte sich für mehr als nur für ihre unmittelbare Aufgabe. So gewann sie bald das Vertrauen ihrer Kolleginnen und als die nächsten Betriebsratswahlen anstanden, ließ sie sich aufstellen und wurde gewählt.

Die neue Aufgabe verlangte oft mehr von ihr, als sie glaubte bewältigen zu können. „Learning by doing" war manchmal bitter für sie, doch sie gab nicht auf. Wieder und wieder musste sie sich ermutigen und Unterstützung suchen – bei Kollegen und Freunden. Eine „Karriere" als Betriebsrätin hatte sie nie geplant, doch als sich diese Möglichkeit ergab, wirksam zu werden, raffte sie all ihren Mut zusammen und nahm ihren Platz ein.

Wenn wir bereit sind, für die Gemeinschaft wirksam zu sein, wird sich eine Gelegenheit finden. Lebensmut hilft uns, diese Gelegenheit zu ergreifen.

ERKENNTNIS

Manchmal müssen wir in unseren Platz im Leben hineinwachsen.

MEDITATION

Heute will ich darauf vertrauen, dass ich den Platz finde, an dem ich am besten wirksam sein kann.

25. WOCHE

LEBENSMUT

lässt mich das Geheimnis der menschlichen Existenz besser begreifen

Nur wenige Prozent der menschlichen Gene unterscheiden sich von den Genen der Bonobos*, einer Schimpansenart. Moderne Biologen haben so viel über die erstaunlichen Fähigkeiten unserer nächsten Verwandten gelernt, dass Schimpansengruppen und menschliche Gesellschaften einander manchmal verstörend ähnlich scheinen. Was ist das Geheimnis der menschlichen Existenz? Was unterscheidet uns von den Tieren, wo wir ihnen doch so ähnlich sind?

Der Neurobiologie Gerald Hüther* hat eine einfache und doch so komplexe Antwort: „Alles, was uns Menschen ausmacht, ist Kultur."

Kultur, das ist die Fähigkeit des Menschen, seine Umwelt zu gestalten. Gestaltung erfordert Ziel und Absicht. Wir können dem Leben zugewandte Ziele und Absichten haben und wir können uns gleichgültig oder zerstörerisch verhalten. Wenn das ganze Geheimnis der menschlichen Existenz die Kultur ist, dann ist Menschsein kein festgelegter Zustand. Menschsein ist dann eine Gemeinschaftsleistung, die in jedem Augenblick gestaltet wird.

Lebensmut lässt uns das Geheimnis der menschlichen Existenz erfassen und den Auftrag, der darin liegt, annehmen.

ERKENNTNIS

Kultur ist das Ergebnis menschlichen Handelns und Kultur ist das, was uns Menschen ausmacht.

MEDITATION

Heute will ich kulturelle Errungenschaften, die ich in meinem Leben nutze, würdigen.

26. WOCHE

LEBENSMUT

lässt mich Vertrauen in die Lösung der Menschheitsprobleme finden

„Alles Denken ist Problemlösen", sagt der Philosoph Sir Karl Popper*. Die Menschheit hat Probleme des Lebens und Überlebens gelöst, seit wir von Menschen sprechen können. Leider haben die Menschen gleichzeitig Probleme erzeugt, die sie vorher nicht hatten. Ist das ein Grund zur Verzweiflung?

Der kürzlich verstorbene Psychologe Paul Watzlawick* hat schon zu Beginn seiner Arbeit über menschliche Kommunikation eine Unterscheidung zwischen unlösbaren Problemen und lösbaren Problemen getroffen, die mehr ist als bloße Wortklauberei. Er beschreibt, dass Probleme – wie jeder Mensch erfahren wird – zum Leben gehören und dass manche dieser Schwierigkeiten ihrer Natur nach unlösbar sind. Als Beispiel nennt er die Konflikte zwischen den Generationen. Jede neue Generation wird sich an ihrer Elterngeneration reiben, die Vorstellung von ungestörter Harmonie ist eine Illusion. Fataler als diese „natürlichen unlösbaren Probleme" wirken sich die selbst erzeugten unlösbaren Probleme aus, die erst durch falsche Lösungsversuche entstehen. Eine der wichtigsten falschen Lösungsstrategien, die Watzlawick beschreibt, ist „Mehr desselben". Wir neigen dazu, wenn wir mit einem Lösungsversuch nicht zum Ziel kommen, unsere Anstrengungen in derselben Richtung zu verstärken – und erzielen dadurch meist mehr des Problems, das wir eigentlich bekämpfen wollten.

Lebensmut hilft mir dabei, einen Schritt zurückzutreten, um Raum für wirklich andere Verhaltensweisen zu schaffen.

Paul Watzlawick hat beschrieben, dass menschliche Gemeinschaften im Kleinen (etwa in der Familie) nach denselben Strategien vorgehen wie im Großen (in der weltweiten Gemeinschaft). Wir erzeugen unsere Probleme nach ähnlichen Mustern, was Mut machen kann, dass wir auch nach ähnlichen Mustern Lösungen finden können.

ERKENNTNIS

Leben ist Problemlösen. Die Menschheit wird Lösungen für ihre Probleme finden und ich bin daran beteiligt.

MEDITATION

Heute will ich bedenken, wo ich einen Schritt zurücktreten muss, um neue Lösungen zu finden.

27. WOCHE

LEBENSMUT

lässt mich erkennen, was für mich Spiritualität ist

„Ich habe ein Problem mit Gott", höre ich oft, wenn das Gespräch auf das Thema Spiritualität kommt. Dann wird erzählt, wie das Problem mit Gott entstanden ist und warum es aufrechterhalten werden muss.

Als ich die Anonymen Alkoholiker kennenlernte, wurde mir gesagt, dass Genesung von einer Suchtkrankheit ohne eine spirituelle Wandlung nicht gelingen wird. Ich erfuhr, dass es ausreicht, anzuerkennen, dass es eine Macht gibt, die größer ist als ich selbst.

Mir war sofort klar, dass es unzählige Mächte gibt, die größer sind als ich selbst. Das Finanzamt ist eine davon.

Mir war klar, dass ich die Bäume nicht wachsen lasse, dass ich die Blumen nicht blühen lasse, dass ich nicht dafür sorge, dass Menschen sich finden oder verlieren. Was auch immer die Macht hinter diesen Dingen ist – ich bin es jedenfalls nicht.

Je mehr Lebensmut ich fasste, umso einfacher schien es mir. Anzuerkennen, dass es Mächte gibt, die größer sind als ich selbst, war mein erster Schritt zur Spiritualität. Zu erfahren, dass diese höhere Macht die Dinge des Lebens fügt und dass ich ein harmonischer Teil dieses Gefüges sein kann, war der nächste Schritt.

Als ich noch mutlos war, erschienen mir höhere Mächte immer als bedrohlich. Wachsender Lebensmut verlieh auch meiner Vorstellung von Spiritualität ein freundlicheres Bild.

Was ich besonders liebe, ist die Erlaubnis, die Spiritualität des Lebensmutes so aufzufassen, wie ich es gerade kann. Es ist Gott, wie ich ihn verstehe.

ERKENNTNIS

Spiritualität ist für jeden Menschen anders – und darf es auch sein.

MEDITATION

Heute will ich mich mit Spiritualität verbinden, wie ich sie verstehe.

28. WOCHE

LEBENSMUT

hilft mir dabei, den Sinn meines Lebens zu erkennen

In seiner Jugend hatte der Mann sein Leben fast durch Drogen ruiniert. Er hatte die Exzesse nur knapp überlebt, sich aufgerappelt und seitdem ein Leben ohne äußere Höhepunkte geführt. Er war's zufrieden, doch ein Rest Unruhe blieb. „Das kann doch nicht alles gewesen sein, das bisschen Urlaub und Sonnenschein," hatte Wolf Biermann* in einem seiner Chansons gesungen und diese Zeile nagte auch an diesem Mann.

Eines Tages stieß er in einem Internet-Chatroom auf einen Beitrag, der ihn besonders ansprach. Er nahm mit der Schreiberin Kontakt auf und es entspann sich ein ausführlicher Schriftwechsel. Beim Schreiben merkte der Mann, was er im Laufe seines „langweiligen" Lebens gelernt hatte. Er war selbst überrascht, wie viele Antworten er auf die Fragen nach dem Sinn des Lebens hatte, die seine Chat-Partnerin ihm stellte. Er hatte Lebensmut zu geben und das tat er mit wachsender Freude. Er konnte Lebensmut teilen und half der Schreiberin am anderen Ende der Leitung über eine schwere Krise hinweg.

Wie wundervoll, dass er als junger Mann dem Sog der Drogen in die Finsternis widerstanden hatte. Wie segensreich, dass er das bohrende Gefühl, dass sein Leben noch nicht komplett war, nicht in Enttäuschung umgewandelt und sich nicht verkrochen hatte. Er war offen geblieben und hatte dem Leben vertraut. Jetzt konnte er einer verzweifelten Person von seinem Lebensmut abgeben.

„Das soll der Sinn meines Lebens sein? Einmal in vielen Jahren einer Person eine hilfreiche Mail schreiben?", werden Sie jetzt vielleicht protestieren. Ich weiß es nicht. Ich weiß nur, dass der Mann aus meiner Geschichte zur richtigen Zeit an der richtigen Stelle war. Ist das nicht Sinn genug?

ERKENNTNIS

Manchmal liegt der Sinn meines Lebens in einer kleinen Geste.

MEDITATION

Der Sinn meines Lebens wird sich mir entfalten, wenn ich dafür offen bleibe.

29. WOCHE

LEBENSMUT

lässt mich immer eine Hilfe auf einer spirituellen Ebene finden.

In einer Stunde sollte ein Klient kommen, der in einer schwierigen Lebenssituation steckte. Ich dachte an unsere bisherige Zusammenarbeit und merkte, wie angestrengt ich war. Was könnte diesem Mann noch helfen? Er war ein streng rationaler Typ und konnte mit der Tatsache, dass seine Gefühle aus dem Ruder gelaufen waren, nichts anfangen. Psychologische Deutungsversuche halfen ihm nicht und an eine Macht, die größer war als er selbst, konnte er nicht glauben.

Doch das war nicht mein Problem. Ich war mein Problem. Ich war genauso blockiert wie mein Klient und das konnte er sicher am wenigsten brauchen.

Nachdenklich kramte ich in meinem Bücherregal und griff nach Jim Rosemergys „Spirituelles Leben im Alltag." Ich hatte vor Jahren in diesem Buch gearbeitet und blätterte jetzt noch einmal durch die Seiten. Da stieß ich auf einen Hinweis, wie Jim Rosemergy mit anscheinend unlösbaren Problemen in der Beratung umgeht. Er pflegt zu sagen: „Es gibt eine Lösung. Ich bin genauso verwirrt wie Sie, aber ich weiß, dass es eine Lösung gibt."

Das Lesen dieser Zeilen ermutigte mich. Es würde eine Lösung geben. Heute oder an einem anderen Tag. Ich musste die Lösung nicht kennen, ich musste nur darauf vertrauen, dass sie vorhanden war.

Als der Klient kam, war ich bereit, ihm zuzuhören und mit ihm Ausschau zu halten nach allem, was ihm hilfreich sein konnte.

ERKENNTNIS

Manchmal findet sich die spirituelle Hilfe zwischen zwei Buchdeckeln.

MEDITATION

Ich will darauf vertrauen, dass spirituelle Hilfe immer für mich verfügbar ist.

30. WOCHE

LEBENSMUT

lässt mich Vertrauen in notwendige Abschiede fassen

„Ich gehe niemals mit auf den Bahnsteig", erzählte mir eine Frau. „Ich hasse Abschiede." Abschiede sind sicherlich nicht besonders beliebt. Doch bleiben sie niemandem erspart. Manchmal gelingt es uns, mit dem Abschied, der uns auferlegt ist, einverstanden zu sein. Doch oft genug hadern wir damit. Abschied scheint uns das Synonym für Verlust zu sein.

Ein junges Elternpaar erzählte mir kürzlich davon, wie im Kindergarten ihrer Tochter der Abschied gefeiert wird. Nach einigen Jahren in der vertraut und lieb gewordenen Kindergartengruppe wird für die künftigen Schulkinder ein schönes Fest gegeben, zu dem die Eltern eingeladen sind. Auch wenn einige Tränen geweint werden, ist allen Beteiligten klar, dass dieser Abschied notwendig zu einem neuen, größeren Lebensabschnitt führt.

Doch nicht alle Abschiede werden uns versüßt. Wir müssen uns oft genug von Menschen trennen, die wir nicht verlassen wollen. Wir müssen uns manchmal von Orten verabschieden, an denen unser Herz hängt. Wir müssen uns von Möglichkeiten verabschieden, die wir nicht mehr haben; von Chancen, die wir versäumt haben.

All dies ist traurig und wir neigen dazu, in solchen Abschieden nichts Gutes sehen zu können.

Doch Lebensmut kann uns helfen, auch Abschiede zu akzeptieren, die wir nicht gewünscht haben. Im Augenblick eines solchen Abschieds können wir natürlich nicht sicher sein, dass es eine positive Wendung geben wird. Doch Lebensmut kann uns helfen zu vertrauen.

ERKENNTNIS

Abschiedsschmerz hilft mir, die Bedeutung des Gewesenen zu würdigen.

MEDITATION

Heute will ich darauf vertrauen, dass jeder Abschied notwendig ist.

31. WOCHE

LEBENSMUT

hilft uns, Feiglinge zu lieben

Mein Lieblingsfeigling ist ein Zauberer wie du und ich. Er heißt Rincewind und lebt auf der Scheibenwelt in den Büchern von Terry Pratchett*. Er ist der schlechteste Zauberer, den die Unsichtbare Universität je hervorgebracht hat, doch in einer Disziplin hat er es zur Meisterschaft gebracht: dem Weglaufen. Rincewind ist kein normaler Angsthase, er weiß einfach, dass alles schiefgehen kann – und es geht schief.

Rincewinds unfreiwillige Abenteuer sind so menschlich, weil Angst menschlich ist. Wer ist noch nicht vor einer Herausforderung zurückgeschreckt oder hat sich selbst noch nie einen Feigling gescholten? Es ist leicht, sich selbst zu mögen, wenn man tapfer und erfolgreich ist. Doch wer liebt einen Feigling?

Wenn wir uns selbst und unsere Mitmenschen annehmen wollen, müssen wir auch Angst und Feigheit annehmen. Eine Frau, die ich sehr zu schätzen gelernt habe, ist ängstlich und besorgt. Sie hat gelernt, das als einen Teil ihrer Persönlichkeit zu schätzen. Sie braucht oft sehr lange, ihre Angst zu überwinden und manchmal lässt sie Gelegenheiten verstreichen. Doch sie ist eine herzliche, liebevolle Person und das zählt.

Lebensmut ist auch der Mut, Angst zuzugeben und uns selbst und andere zu lieben, wenn wir voller Angst sind.

ERKENNTNIS

Angst ist ein Teil unseres Lebens. Wir können nicht ohne Angst sein.

MEDITATION

Heute will ich liebevoll an einen Feigling denken – sogar wenn ich selbst der Feigling war.

32. WOCHE

LEBENSMUT

hilft uns, für die zu sprechen, die wir lieben

Ein junger Vater sah sich mit der Situation konfrontiert, dass sein Sohn von einem Mitschüler drangsaliert wurde. Die Jungen waren schon im Teenager-Alter und der Vater hatte zunächst überlegt, dass sie die Angelegenheit untereinander ausmachen sollten. Doch als er mit sich ganz ehrlich war, musste er zugeben, dass er sich unsicher fühlte. Sein eigener Vater hatte sich nie für ihn eingesetzt. Das hatte er vermisst, doch hatte er auch den Glauben entwickelt, dass ein Mann ganz auf sich allein gestellt ist. Schließlich kam er zu der Entscheidung, dass sein eigener Sohn die Liebe seines Vaters am besten dadurch spüren würde, wenn er sich in dieser schwierigen Situation unmissverständlich an seine Seite stellte. Er fasste den Mut, für den Menschen zu sprechen, den er liebte.

In dem Buch „Anstiftung zur Courage" von Annemarie Stoltenberg* ist ein Bericht über die Mütter von der Plaza de Mayo enthalten. Ganz gewöhnliche Frauen haben ihr Leben riskiert, um gegen die Verschleppung ihrer Kinder durch die argentinische Militärdiktatur zu demonstrieren. Im demokratischen Deutschland müssen wir nicht unser Leben in Gefahr bringen, um für die zu sprechen, die wir lieben. Dennoch erfordert es oft Mut, die Stimme zu erheben.

ERKENNTNIS

Manchmal müssen wir unsere Liebe zeigen, indem wir uns öffentlich zu den Menschen zu bekennen, die wir lieben.

MEDITATION

Heute will ich überlegen, wo meine Stimme gefragt ist.

33. WOCHE

LEBENSMUT

hilft uns, der Natur eine Stimme zu geben

Wir sind ein Teil der Welt, wir nutzen sie und sie erscheint uns stumm. Doch wir sind in der Lage, die Stimme der Natur zu hören – und sie in menschliche Sprache zu übersetzen. Doch es gehört Mut dazu, der Natur eine Stimme zu geben.

Meine Flamenco-Lehrerin hat diesen Mut. Sie liebt den traditionellen spanischen Tanz und weiß, dass viele Flamenco-Tänzer auch den Stierkampf bewundern. Dennoch stellt sie sich konsequent gegen den Stierkampf. Sie hat ein Tanzprojekt entwickelt, das zu Mitgefühl mit dem sterbenden Stier und zur Abschaffung des Stierkampfs aufruft, womit sie sich innerhalb der Flamenco-Gemeinschaft nicht nur Freunde schafft.

Dass Tierschutz nicht dasselbe ist wie sentimentale Vermenschlichung, hat der Journalist Horst Stern viele Jahre lang bewiesen. Seine engagierten Publikationen haben viele Menschen sensibilisiert für die Mitgeschöpfe. Er hatte den „Mut zum Widerspruch“, wie eine seiner Aufsatzsammlungen übertitelt war.

Lebensmut öffnet uns für die Natur, in der wir leben und hilft uns, ihr eine Stimme zu geben.

ERKENNTNIS

Die Natur spricht zu uns – wir können die Übersetzer sein.

MEDITATION

Heute will ich zuhören, wenn die Natur zu mir spricht.

34. WOCHE

LEBENSMUT

hilft uns, Krankheiten zu widerstehen

Wenige Dinge können so sehr unseren Lebensmut herausfordern wie Krankheiten. Bei allem Fortschritt der Medizin sind doch viele Krankheiten nicht oder nur unvollständig heilbar. Oft ist Vertrauen in Heilung die Zutat, die die ärztliche Kunst zum Erfolg bringt. Ich habe aber auch viele Menschen kennengelernt, die mit chronischen Krankheiten leben müssen.

Für sie bedeutet Lebensmut die Kraft, mit der Einschränkung der Gesundheit zu leben. Einer meiner Verwandten leidet seit vielen Jahren Schmerzen wegen einer chronischen Krankheit. Ich habe ihn nie klagen hören. Er ist einer der lebensfreudigsten Menschen, die ich kenne.

Der Schauspieler Michael J. Fox* erhielt auf dem Höhepunkt seiner Karriere die Diagnose der Parkinson-Krankheit. In seinem Buch „Comeback“ beschreibt er seine Verzweiflung, als die Symptome schlimmer werden und wie er mit Hilfe seiner Familie Mut fasste, gegen die Krankheit zu kämpfen und sich dem Leben zuzuwenden. Heute unterstützt er die Forschung für neue Behandlungsmethoden der Parkinson-Krankheit.

Krankheiten zu widerstehen bedeutet nicht, sie zu ignorieren und nicht, sich ohne Rücksicht auf die Einschränkung Leistungen abzuverlangen. Krankheiten zu widerstehen bedeutet, die Hilfen zu nutzen, die es gibt, und offen zu sein für die verbliebenen Freuden.

ERKENNTNIS

Krankheiten zu widerstehen bedeutet, dass wir der Krankheit nicht erlauben, unser ganzes Leben zu erfassen.

MEDITATION

Heute will ich darauf vertrauen, dass ich Krankheiten widerstehen kann.

35. WOCHE

LEBENSMUT

hilft uns, unser eigenes Leben zu führen

Die ältere Schwester war begabt und erfolgreich. Die jüngere Schwester bewunderte sie aus ganzem Herzen. Doch als die beiden Mädchen älter wurden, begann das große Vorbild die Jüngere zu lähmen. Was auch immer sie tat, die Ältere hatte sie bereits übertroffen. Der eigene Weg erschien ihr mühsam und wenig glanzvoll.

Es dauerte einige Jahre, bis die jüngere Frau ganz in ihrem eigenen Leben angekommen war. Vielleicht war sie weniger begabt als die Schwester, vielleicht fiel ihr alles schwerer, doch sie hatte Freude an dem, was sie tat – und sie blieb am Ball. „Wenn es zwei Wege gibt, nehme ich immer den schwereren", hatte ein trockener Alkoholiker mir einmal gesagt und dabei gelacht: „Das ist nun mal meine Art."

Lebensmut hilft uns, nicht zuzulassen, dass Vorbilder uns lähmen. Sie können Wegweiser sein, doch den Weg müssen wir selbst gehen – auf unsere eigene Art.

ERKENNTNIS

Das Dasein ist köstlich. Man muss nur den Mut haben, sein eigenes Leben zu führen.

Peter Rosegger

MEDITATION

Heute will ich wertschätzen, dass ich mein eigenes Leben lebe – ich könnte gar nichts anderes tun.

36. WOCHE

LEBENSMUT

ist das Wissen, dass ich gut genug bin und wann alles gut genug ist

Haben Sie schon ein Handy der jüngsten Generation? Es ist ganz bestimmt besser als Ihr altes und kann viel mehr – wenn Sie erst einmal verstanden haben, wie es funktioniert...

Wir sind es gewöhnt, dass gut nicht gut genug ist, jedenfalls nicht für lange. Das spornt uns manchmal an, uns mächtig ins Zeug zu legen und erstaunliche Ergebnisse zu erzielen. Doch dasselbe Denken kann uns auch zum Verhängnis werden. Wir werden unzufrieden mit dem, was wir erreicht haben und lassen uns von dem Gedanken an Besseres die Freude zerstören.

Schlimmer noch, wir beziehen die Sucht nach Verbesserung auch auf uns selbst. Eine attraktive, begabte Frau hat vor einigen Jahren die Möglichkeit der Schönheitsoperationen für sich entdeckt, um auf diesem Wege die von ihr beklagten körperlichen Mängel abzustellen.

Die Sucht nach Verbesserung kann schnell zu einer Spirale ohne Ende werden.

ERKENNTNIS

Lebensmut hilft uns dabei zu erkennen, wann „gut" gut genug ist.

MEDITATION

Heute will ich mich auf das Gute in meinem Leben konzentrieren und glauben, dass auch ich gut genug bin.

37. WOCHE

LEBENSMUT

hilft, Angst in Mitgefühl zu verwandeln

Eine Lektion in Mitgefühl lernte ich von einer Frau, deren Kindheit von ihrem gewalttätigen Vater vergiftet worden war. Die Frau hatte auch als Erwachsene unter Angstzuständen gelitten und eine Ehe war daran zerbrochen. Sie brauchte ihre ganze Energie, um den Schmerz und die Angst zu überleben und sich nach und nach eine neue Existenz aufzubauen. Sie war durch die tiefste Verzweiflung gegangen, doch sie kam an einen Wendepunkt ihres Lebens, an dem sie Menschen begegnete, die sie ermutigten.

Eines Tages erzählte sie mir von einem Familientreffen, an dem auch ihr Vater teilgenommen hatte. Ich war überrascht, dass sie es fertiggebracht hatte, mit ihm in Kontakt zu treten und sie sagte: „Ich habe keine Angst mehr vor ihm. Er tut mir leid."

Sie selbst hatte den Lebensmut wiedergefunden und gelernt, die Schönheit des Lebens zu sehen und zu genießen. Ihr Vater war alt geworden, aber voll Zorn und Verbitterung. Lebensmut hatte ihr dabei geholfen, sich ein Leben aufzubauen, in dem ihr der Vater nichts mehr anhaben konnte. Ihre Angst war gewichen und hatte Mitgefühl Platz gemacht. Sie konnte ihren Vater nicht ändern, aber sie konnte sich selbst ändern.

ERKENNTNIS

Wir haben oft gute Gründe, vor anderen Menschen Angst zu haben, doch Angst kann zu Mitgefühl werden.

MEDITATION

Heute lasse ich zu, dass Lebensmut meine Angst in Mitgefühl verwandelt.

38. WOCHE

LEBENSMUT

hilft, sich zu behaupten, auch wenn man nicht gewinnen kann

Die Hoffnung, in einer schwierigen Angelegenheit den Sieg davonzutragen, lässt uns manches wagen, das uns sonst unvorstellbar gewesen wäre. Doch manchmal muss man sich behaupten, auch wenn man weiß, dass man nicht gewinnen kann.

Der Gastwirtsehepaar Frau Wu Ping und Herr Yang Wu in Peking haben solch eine aussichtslose Sache gewagt. Sie waren die Besitzer eines Restaurants in einem Stadtviertel, das für den Neubau eines Einkaufszentrums geräumt werden sollte. Das Ehepaar erhielt das Angebot für eine Abfindung, doch die beiden wollten ein Zeichen setzen gegen die Zerstörung alter Stadtviertel. Das Ehepaar machte anderen Menschen Mut, sich gegen die Entwurzelung von Menschen aus wirtschaftlichen Interessen zu wenden. Wie das berühmte gallische Dorf stand das Restaurant in einer riesigen Baugrube, bis das Ehepaar schließlich aufgab. Sie konnten nicht gewinnen, doch Frau Wu sagte, sie sei es ihrer Würde schuldig gewesen, Widerstand zu leisten.

In einer beruflichen Konfliktsituation war eine Lehrerin zu der Überzeugung gekommen, dass sie sich den Anweisungen ihrer Vorgesetzten fügen musste und quälte sich tagelang mit Bauchschmerzen. „Ich akzeptiere die Situation. Aber ich will nicht einfach klein beigeben." Sie fand schließlich einen Weg genau das zu sagen: Dass sie ihre Pflicht verlässlich erfüllen würde, dass sie aber aus guten Gründen gegen das Anliegen gestimmt hatte. Wie Frau Wu hatte sie ihre Würde bewahrt.

ERKENNTNIS

Wir können nicht immer gewinnen, aber wir können zu unseren Überzeugungen stehen.

MEDITATION

Heute will ich mich nicht verleugnen, nur weil ich erkenne, dass ich nicht gewinnen kann.

39. WOCHE

LEBENSMUT

hilft, immer wieder neu zu beginnen

17 Tage lang ununterbrochen auf dem Hochseil – der junge Artist Johann Traber stellte während der Expo im Jahr 2000 einen Weltrekord auf. Eine weitere Sensation gelang ihm im Jahr 2005, als er mit dem Motorrad den Geschwindigkeitsrekord auf dem Hochseil brach. Doch im Jahr 2006 verunglückte er bei einer Vorführung in Hamburg und erlitt lebensgefährliche Verletzungen. Monate der Rehabilitation folgten. Doch was sich der junge Mann am meisten wünscht, ist ein Comeback auf dem Seil.

Wer in Friedenszeiten geboren ist, kann sich kaum vorstellen, was es bedeutet, nach einem Krieg neu zu beginnen. Doch Menschen sind großartige Neu-Beginner. Ich bin heute froh, in meiner Kindheit von meinem Großvater gehört zu haben, wie er im Ersten Weltkrieg aus der Gefangenschaft geflohen ist und wie er nach dem Zweiten Weltkrieg darum gekämpft hat, Arbeit zu bekommen und eine Existenz aufzubauen. „Lass' doch die alten Geschichten", hatte meine Großmutter oft abgewehrt, doch mir sind die Erzählungen kostbar. Sie helfen mir, meine eigenen Sorgen in die richtige Relation zu setzen und Mut zu fassen.

ERKENNTNIS

Lebensmut lässt uns immer wieder neu beginnen.

MEDITATION

Heute will ich Mut fassen, neu zu beginnen.

40. WOCHE

LEBENSMUT

hilft uns, gesellschaftliche Konventionen zu brechen

Gesellschaftliche Regeln können das Leben leichter machen. So sind seit einigen Jahren Benimm-Bücher wieder gefragt und Kurse für gesellschaftliche Umgangsformen werden von jungen Leuten freiwillig besucht. Es kann sicherlich zu unangenehmen Situationen kommen, wenn man nicht weiß, wie man sich korrekt verhalten soll. Doch gesellschaftliche Konventionen können erstarren und dann gehört Mut dazu, sie zu brechen. Dabei gibt es im 21. Jahrhundert weniger „die Gesellschaft" als gesellschaftliche Gruppen – auch scheinbare Rebellion hat ihre Regeln. Der Versuch, bei einem Gothic-Konzert in einem rosa Chanel-Kostüm aufzutauchen, dürfte sicher ebenso Befremden auslösen wie ein Rapper in Gesundheitslatschen und Holzfällerhemd.

Doch Lebensmut wird uns weniger dazu führen, uns mit äußeren Signalen gegen einengende Regeln aufzulehnen. Unsere Gesellschaft hat eine bemerkenswerte Fähigkeit, rebellische Verhaltensweisen zu absorbieren. Kritisch wird es eher bei subtileren Verboten. Als Horst Köhler zum Bundespräsidenten gewählt wurde, begleitete ihn die unausgesprochene Erwartung, dass er sich nicht störend ins politische Geschäft einmischen würde – wodurch er sich offensichtlich wenig beeindrucken ließ. Auch Menschen, die ihnen zugedachte Ehrungen ablehnen, weil sie ihre Arbeit für selbstverständlich halten, sind echte Spielverderber.

Die englische Schriftstellerin Elisabeth Gaskell* lebte im 19. Jahrhundert und war in diesen Zeiten der Industrialisierung mit einem Pfarrer verheiratet. Man erwartete von ihr gute Werke, um das Los der Industriearbeiterfamilien zu lindern. Doch sie ging viel weiter und veröffentlichte Romane, in denen sie die Ausbeutung der Arbeiterschaft anprangerte – was sie zum Opfer der Anfeindungen der „guten Gesellschaft" machte. Sie kannte die Regeln, die für Pfarrersfrauen zu gelten schienen, und setzte sich darüber hinweg.

ERKENNTNIS

Lerne die Regeln, damit Du sie richtig brechen kannst.

*Dalai Lama**

MEDITATION

Heute will ich prüfen, ob ich Regeln einhalte, die sinnlos geworden sind.

41. WOCHE

LEBENSMUT

hilft, entschlossen Nein zu sagen

Was ein entschlossenes Nein bewirken kann, erlebe ich seit vielen Jahren in den Kreisen trockener Alkoholiker. Wenn jemand süchtig geworden ist, hilft ihm bei der Genesung auf Dauer nichts anderes als eine grundsätzliche Entscheidung zum Nein, wenn es um das Suchtmittel geht. Doch das Nein wird kaum halten, wenn dahinter die Befürchtung grummelt, mir könnte etwas entgehen. Das Nein zum Suchtmittel muss getragen werden vom Ja zum Leben.

Wird mir etwas entgehen, wenn ich dieses Glas Sekt nicht trinke? Lebensmut hilft uns, entschlossen Nein zu sagen.

Auch für andere kritische Situationen lässt sich diese Probe anwenden. Wird mir etwas entgehen, wenn ich den Fernsehapparat jetzt ausmache? Wird mir etwas entgehen, wenn ich diese Veranstaltung jetzt verlasse? Wird mir etwas entgehen, wenn ich diese Bekanntschaft beende? Ein entschlossenes Nein kann mich befreien und mehr Zeit für echte Freude bringen.

ERKENNTNIS

Manchmal öffnet ein Nein die Tür für wahre Freude.

MEDITATION

Heute will ich meinen Tagesplan daraufhin überprüfen, ob es an der Zeit ist, Nein zu sagen.

42. WOCHE

LEBENSMUT

hilft, von Herzen Ja zu sagen

Sie war eine junge Touristin, als sie zum ersten Mal nach Indien kam und wollte eigentlich zu Hause eine Berufsausbildung zur Fotografin machen. Doch dann traf die Deutsche Stella Deetjen in Benares auf einen leprakranken Bettler und sie wusste, dass sie zu diesem Mann und seinen Leidensgenossen von Herzen Ja sagen musste. Einige Jahre später hatte sie ein Hilfswerk gegründet, das Leprakranke medizinisch versorgt und sie „Back to life – zurück ins Leben" bringt. Ein Kinderheim ist hinzugekommen, das Straßenkindern ein Dach über dem Kopf bietet, und Stella Deetjen hat den Sinn ihres Lebens gefunden.

Ein halbherziges Ja hätte nicht ausgereicht, damit eine Frau ohne eigenes Geldvermögen ein entbehrungsreiches Leben im Dienste der Kranken und Heimatlosen führen kann.

Auch wenn wir nicht vorhaben, so außergewöhnliche Entscheidungen zu treffen, ist es wichtig, zu jeder Zusage von ganzem Herzen zu stehen. Die Al-Anon-Familiengruppen geben die Empfehlung: „When in doubt, don't – Wenn Du im Zweifel bist, lass die Finger davon." Ein Ja mit Zweifeln im Hintergrund lässt uns vielleicht beginnen, aber es trägt uns nicht über Schwierigkeiten hinweg. Ich habe die Erfahrung gemacht, dass ich viel leisten kann, wenn ich mich klar für eine Sache entschieden habe und dass die leichtesten Dinge schwer werden, wenn ich nur halbherzig zugestimmt hatte. Manchmal gehört Mut dazu, von Herzen Ja zu sagen, aber es ist das einzige Ja, das den Sturm des Lebens unbeschadet übersteht.

ERKENNTNIS

Manchmal ist keine Entscheidung besser als eine halbherzige Entscheidung.

MEDITATION

Heute überprüfe ich meine Zusagen darauf, ob sie von Herzen kommen.

43. WOCHE

LEBENSMUT

hilft, das Konzept von Wehrlosigkeit zu verstehen

Als Mahatma Gandhi* 1907 das Konzept des gewaltlosen Kampfes entwickelte, war er 38 Jahre alt und hatte schon als Anwalt und Politiker Ansehen erworben und Aufsehen erregt. Doch jetzt war er am Wendepunkt. Er hatte erkannt, dass er Gewalt nicht mit Gewalt begegnen konnte, wenn er eine neue Qualität schaffen wollte. Das Sanskrit-Wort „Ahimsa", das seinen neuen Weg bezeichnet, bedeutet so viel wie „frei von Brutalität" und inspiriert bis heute Menschen, die einen Ausweg aus der Spirale von Gewalt und Gegengewalt suchen, in die politische Gemeinschaften genauso verwickelt sein können wie Familien.

Ein wichtiger Einwand gegen Gewaltlosigkeit ist bis heute, dass der Gewaltlose immer gegen denjenigen verlieren wird, der Gewalt anwendet. Gandhi hat dazu gesagt: „Seid nicht beunruhigt, weil die Methode der Gewaltlosigkeit ein äußerst langsamer Prozess zu sein scheint. In Wirklichkeit ist sie die schnellste Methode, denn sie ist die sicherste."

Der „Kurs in Wundern", ein spirituelles Buch, das in Amerika von der Psychologin Helen Schucman* aufgezeichnet wurde, sagt dazu: „In meiner Wehrlosigkeit liegt die Sicherheit."

Es scheint zunächst unerhört, wehrlos sein zu sollen. Doch Bewaffnung (materiell oder geistig) macht ebenso wenig unverletzlich. Nicht zu kämpfen bedeutet nicht, als richtig angesehene Positionen einfach aufzugeben. Es kann aber ein Anfang sein für eine Atempause, die Raum gibt, neue Wege zu finden.

ERKENNTNIS

Lebensmut kann mir helfen, den Kampf aufzugeben.

MEDITATION

Heute suche ich einen Weg zu meinem Gegenüber, der nicht Kampf ist.

44. WOCHE

LEBENSMUT

heißt kraftvolle Liebe

Ein Elternpaar ist voller Sorge um die halb erwachsene Tochter. In einem Gespräch (zu dem es schon einige Vorläufer gab) wollen Vater und Mutter erneut versuchen, auf die Tochter einzuwirken, damit sie ein weniger chaotisches Leben lebt. Sie wollen ihr noch einmal sagen, wohin es mit ihr kommen wird, wenn sie so weiter macht und dass sie, die Eltern, schon mit ihrer Kraft am Ende sind. Sie lieben die Tochter und wünschen ihr alles Gute. Auf die Frage, welche Vorstellungen sie sich über ihr eigenes künftiges Verhalten gemacht haben, sind sie ratlos. „Wir können unser Kind doch nicht fallen lassen“, ist für sie beide klar.

In einem Vortrag des buddhistischen Lama Ole Nydahl* habe ich zum ersten Mal den Begriff „Tough love“ (kraftvolle Liebe) gehört. Kraftvolle Liebe hat nichts mit Verwöhnung und auch nichts mit Laisser-faire zu tun. Kraftvolle Liebe nennt die Grenzen, bis zu denen ich gehen würde. Vor allem traut sie dem anderen zu, seine eigene Kraft zu entfalten – und gibt ihm auch den Raum dazu.

Oft vermitteln wir den Menschen, die wir lieben, den Eindruck, wir hätten keinerlei Begrenzungen und stoßen dann auf

Unverständnis, wenn wir plötzlich Forderungen stellen. Doch dann ist es meist so weit, dass der andere seine eigene Kraft und Verantwortungsfähigkeit in einer Atmosphäre des allgemeinen Versorgtseins aufgegeben hat. Habe ich es so weit kommen lassen, übernehme ich meinen Teil der Verantwortung, indem ich meine Grenzen ohne Ärger kommuniziere und dafür sorge, dass ich sie einhalte.

ERKENNTNIS

Jemanden zu lieben ist nicht gleichbedeutend mit Verwöhnung.

MEDITATION

Heute denke ich über den Unterschied zwischen Hilfe und Verwöhnung nach.

45. WOCHE

LEBENSMUT

hilft gegen Scheinriesen

In einem Kinderbuch von Michael Ende* kommt Herr Turtur vor, der ein Scheinriese ist. Er verbreitet durch seine Größe Angst und Schrecken, solange er in weiter Ferne auftaucht. Doch je näher er kommt, umso kleiner wird er und alle wundern sich, wie sie jemals so eingeschüchtert sein konnten.

Michael Ende hat hier das Los jeder Idealisierung beschrieben. Je näher wir der idealisierten Person kommen, umso normaler und mit alltäglichen Fehlern behaftet erscheint sie uns. Die Grandiosität des Ideals schrumpft auf Normalmaß.

Auch wenn wir solche Entzauberungen schon erlebt haben, neigen wir doch immer wieder dazu, einen Teil für das Ganze zu nehmen. Ein Politiker hat eine großartige Rede gehalten, da muss er auch ein großartiger Mensch sein. Ein Schriftsteller hat ein ausgezeichnetes Buch geschrieben, da muss sein ganzes Werk zu loben sein. Eine Frau hat mit mir ein verständnisvolles Gespräch geführt, da muss sie doch meine beste Freundin sein.

Je weniger wir von einem Thema selbst verstehen, je bedürftiger wir uns fühlen, umso größer ist die Gefahr, dass wir

Scheinriesen aufbauen, um Orientierung zu finden. Doch tun wir uns selbst keinen Gefallen mit der Idealisierung, denn im schlechtesten Fall bringen wir die idealisierte Person enttäuscht zu Fall, was immer zu blauen Flecken führt. Lebensmut kann uns dabei helfen, keine Scheinriesen aufzubauen. Vielleicht ist es hilfreich, eine neue Gattung zu erfinden: Die Teilriesen. Jeder Mensch hat große und großartige Seiten. Lebensmut hilft uns dabei, Teilriesen an die Stelle von Scheinriesen zu setzen.

ERKENNTNIS

Idealisierung hält selten lange durch.

MEDITATION

Heute denke ich an Menschen, die für mich Riesen sind oder waren und erlaube ihnen, etwas kleiner zu werden.

46. WOCHE

LEBENSMUT

hilft, zu lernen, auch wenn wir dumm dastehen

Zu Beginn eines Seminars habe ich einmal die Teilnehmer/innen gebeten, sich in kleinen Gruppen zusammenzufinden und einander die peinlichsten Situationen ihres Lebens zu erzählen – und wie sie die Angelegenheit bewältigt haben. Nach kurzer Beklommenheit wurde in jeder Gruppe lebhaft diskutiert und in einigen sogar kräftig gelacht. Jeder hatte eine Situation beizutragen, in der er oder sie dumm dagestanden hatte. Sie waren von Peinlichkeit und Scham überwältigt gewesen. Dennoch waren die peinlichen Situationen meist Auslöser für einen wichtigen Lerneffekt.

Sie hatten eine Antwort nicht gewusst. Sie hatten sich ungeschickt angestellt. Sie hatten eine Regel nicht gekannt. Etwas war offenbart worden, dass sie lieber verborgen hätten. Andere Menschen hatten sie ausgelacht, verächtlich gemacht oder geschnitten. Doch es ist unmöglich, von Geburt an alles zu können und zu wissen. Leben ist herausfinden, wie die Dinge sind. Das geht nicht ohne Irrtümer und Fehlentscheidungen. Der Neurobiologie Gerald Hüther* beschreibt das menschliche Gehirn als lebenslang lernendes System, wobei wir durch negative Erfahrungen auch lernen, das Lernen einzustellen. Hüther hat das deftig, aber eingängig formuliert: „Aus dem Lernzyklus fällt man nicht alleine heraus. Man wird rausgeworfen durch Klugscheißer und Besserwisser."

Lebensmut hilft uns, die Peinlichkeit des Dumm-Dastehens zu überwinden und darauf zu vertrauen, dass wir lernen können.

ERKENNTNIS

Ich kann mich nicht blamieren, weil ich etwas nicht weiß – ich kann nur lernen.

MEDITATION

Heute will ich das Wort „dumm" aus meinem Wortschatz streichen und es durch „lernend" ersetzen.

47. WOCHE

LEBENSMUT

lässt uns Dinge tun, bei denen nichts herauskommt

Ein junger Handwerker, der mit seinem Leben nicht recht zufrieden war, hatte sich zu einem Informationsgespräch für einen Suchtkrankenhelfer-Lehrgang angemeldet und fragte, nachdem ich ihm einiges erklärt hatte: „Was kann man mit so einem Lehrgang anfangen?“ Meine provokative Antwort war: „Nichts.“ Er war sofort entschieden: „Wenn ich daraus keinen Beruf machen kann, hat das keinen Sinn für mich.“

Wir haben uns daran gewöhnt, bei unseren Aktivitäten zu fragen, was dabei herauskommt. Bringt es uns beruflich weiter? Bringt es Geld? Oder bringt es wenigstens Spaß? Doch wenn wir immer von vornherein den zu erwartenden Nutzen einer Aktivität abschätzen, werden wir wenig über unseren eigenen Horizont hinausgehen.

Als ich vor einigen Jahren begann, meine Sprachkenntnisse aufzufrischen, wurde ich oft gefragt, ob ich vorhatte, ins Ausland zu reisen. Hinter all meinen Bemühungen musste doch ein Nutzen zu erkennen sein! Doch der wirkliche Grund war: Ich wollte es tun, um es zu tun. Ich kenne eine Frau, die im fortgeschrittenen Alter begonnen hat, Klavier zu spielen – und ich versichere Ihnen, es wird niemals mehr dabei herauskommen, als ein Spiel, das sie im Kreise ihrer wohlwollenden Familienangehörigen und Freunde zu Gehör bringen kann. Doch sie fühlt sich bei ihren amateurhaften Bemühungen so lebendig wie selten. Meine Mutter besaß eine umfangreiche Sammlung von Kakteen, die sie mit großer Hingabe pflegte und zum Blühen brachte. Ich muss zugeben, dass die anderen Familienmitglieder ihre Begeisterung für die stachligen Gesellen nicht recht teilten, doch brachten sie Augenblicke der Freude und Zufriedenheit ins Leben meiner Mutter.

Lebensmut hilft uns, Dinge zu tun, die auf den ersten Blick keinen Nutzen haben.

ERKENNTNIS

Dinge, bei denen „nichts" herauskommt, können uns mit dem Leben verbinden.

MEDITATION

Heute will ich die nutzlosen Dinge meines Lebens würdigen und mich daran freuen.

48. WOCHE

LEBENSMUT

gibt uns die Freiheit, Pflichten zu erfüllen

Vor vielen Jahren half mir ein Freund sehr mit der Bemerkung: „Was auch immer Du zugesagt hast – Du kannst Dich jederzeit anders entscheiden." Er meinte damit, dass ich die Dinge nicht bis zu ihrem schlechten Ende durchstehen muss. Ich habe es als große Freiheit empfunden, der alten Regel „Wer A sagt, muss auch B sagen" zu entkommen.

Doch im Laufe der Zeit gewann ich ein tieferes Verständnis von Freiheit und das hing zusammen mit einem Zugewinn an Lebensmut. Wenn ich Lebensmut und Vertrauen spüre, kann ich auch anstrengende oder ungeliebte Pflichten erfüllen. Ich kann zu Entscheidungen stehen, die mir unbequem sind und ich kann mich meinen Freunden, Familienangehörigen und beruflichen Partnern gegenüber verlässlich zeigen.

Wir leben in einer Gesellschaft, die uns viele Wahlfreiheiten lässt. Pflichten sind heute mehr eine Frage von freiwilligen Übereinkünften, als sie es für andere Generationen waren. Das gibt uns die Freiheit, Pflichten abzulehnen. Doch wenn wir voller Lebensmut sind, können wir auch Pflichten auf uns nehmen.

Eine Großmutter, die ich kenne, hat sich schon vor Jahren mit ihrer Schwiegertochter die Pflicht des Essenkochens geteilt, damit die junge Frau berufstätig sein kann und die Enkelkinder und die Schicht arbeitenden Männer gut versorgt sind. Die Großmutter hat einen großen und aktiven Bekanntenkreis und könnte sich die Zeit gut auch anders vertreiben, doch sie erledigt ihre selbst auferlegte Pflicht mit unerschütterlich guter Laune.

ERKENNTNIS

Manche Pflichten sind vielleicht lästig oder anstrengend, aber sie geben uns Zufriedenheit und Freude.

MEDITATION

Heute prüfe ich die Verpflichtungen, die ich eingegangen bin – und wenn ich bereit bin, sie zu erfüllen, lasse ich mich von Lebensfreude tragen.

49. WOCHE

LEBENSMUT

gibt uns das Vertrauen in ein erfülltes Alter

An seinem dreißigsten Geburtstag war mein damaliger Chef übler Laune. Er kam morgens ins Büro und wollte weder seine Geburtstagsgeschenke ansehen noch für die Kollegen eine Runde ausgeben. Wir taten unser Bestes, ihn mit seinem fortgeschrittenen Alter aufzuziehen. Es war wirklich kein schöner Tag für ihn.

Jahre später erzählte mir eine Friseurin, als sie mir die (langen) Haare legte, dass Frauen mit 40 die Haare abschneiden sollten. Bei alten Frauen sähen lange Haare nicht gut aus. Ich verschwieg ihr, dass ich schon 42 war und rettete meine Haare über die kritische Situation.

Heute können sich mehr Menschen Hoffnung auf ein langes Leben machen als je zuvor. Gleichzeitig wissen wir, dass viele Menschen in Krankheit und Einsamkeit ein unglückliches Alter erleben.

Als der Schauspieler und Operetten-Star Johannes Heesters seinen 100. Geburtstag feierte, kündigte er in einem Gespräch mit einer Zeitung an, nun werde er wieder Gesangsunterricht nehmen.

Seine letzte Gesangsstunde sei schon 40 Jahre her und nun wolle er wieder einen Lehrer aufsuchen.

Der Schauspieler Anthony Hopkins wurde gefragt, ob er keine Hemmungen gehabt habe, als er kürzlich mit einer jungen und schönen Filmpartnerin Liebesszenen spielen musste. Hopkins antwortete darauf: „Ich bin 65 Jahre alt, ich habe keine Zeit mehr für solche Selbstzweifel.“

Wie auch immer wir unser Alter erleben werden, Lebensmut gibt uns das Vertrauen, dass es eine gute Zeit sein wird.

ERKENNTNIS

Lebensmut ist nicht für ein bestimmtes Alter reserviert.

MEDITATION

Heute will ich daran denken, wie ich mir mein hohes Alter vorstelle – und will die Vorstellung noch ein wenig schöner machen.

50. WOCHE

LEBENSMUT

ist die einzige Magie, die funktioniert

Als ich vor vielen Jahren an einer Tagung zu esoterischen Themen teilnahm, hörte ich zwei sehr unterschiedliche Vorträge. Ein schlanker, gepflegt aussehender und sprachlich gewandter Engländer schilderte die Grundprinzipien der neuheidnischen Hexenkunst und wenig später führte ein schwarz gekleideter, bärtiger, junger Mann uns in die Geheimnisse der schwarzen Magie ein.

Seitdem habe ich viel über magische Rituale gehört und gelesen – und bin selbstverständlich eine treue Freundin von Harry Potter. Ich habe viele Dinge erlebt, die geradezu wunderbar sind. Menschen veränderten sich von völlig zerstörten und zerstörerischen Wesen in vertrauenswürdige, schöpferische Personen. Beziehungen heilten. Berufswege wurden gefunden und Erfolge erzielt. Leider kann ich nicht bezeugen, dass diese Entwicklungen etwas mit Pentagrammen oder Zaubersprüchen zu tun hatten.

Was aber immer im Spiel war, ist Lebensmut.

Lebensmut kann Menschen helfen, ihre Charakterfehler abzulegen. Lebensmut kann Menschen helfen, aus Sackgassen herauszukommen und neue Wege zu wagen. Lebensmut kann Menschen helfen, das Beste aus sich selbst zum Vorschein zu bringen. Das ist wirkliche Magie.

ERKENNTNIS

Menschen können sich verändern – und Lebensmut ist ihre magische Kraft.

MEDITATION

Heute will ich mich darauf besinnen, wie Lebensmut mir helfen kann, meinen Alltag zu verzaubern.

51. WOCHE

LEBENSMUT

ist Liebe zu allem, was ist

Es ist nicht schwer, das zu lieben, was uns gefällt. Das christliche Gebot der Feindesliebe ist da schon ein härterer Brocken. Wir finden die Aufforderung, nicht nur das zu lieben, was wir mögen, sondern alles zu lieben, was ist, auch in der buddhistischen Philosophie, wodurch die Aufgabe nicht leichter wird.

Wenn der Konfliktmediator Marshall B. Rosenberg* über seine Arbeit spricht, untersucht er meist auch den Begriff der Liebe. Liebe, so meint er, habe eine spirituelle Dimension. Sie beziehe sich „auf alle Menschen, auf alle lebenden Wesen, auf die Bäume, auf das Meer, auf die Luft, auf die göttliche Energie." In seiner Schule der gewaltfreien Kommunikation versucht er, Menschen und ihre Taten nicht in Gut und Böse einzuteilen, sondern er hilft ihnen, herauszufinden, um welcher Bedürfnisse willen sie etwas tun, um dann gemeinsam andere Wege zur Erfüllung dieser Bedürfnisse zu finden. Lieben was ist, bedeutet in diesem Zusammenhang nicht, dass aggressive Taten einfach hingenommen und „geliebt" werden. Es bedeutet vielmehr, dass der Mensch hinter der Tat nicht gehasst wird.

Wenn ich die Menschen, die unerfreuliche Dinge tun, akzeptieren, ja sogar lieben will, brauche ich vor allem Lebensmut. Ich kann darauf vertrauen, dass das Leben in seiner Fülle mir zur Verfügung steht, auch wenn im Augenblick Dinge geschehen, die mir nicht in den Kram passen. Wenn ich in einer Haltung von Lebensmut und Vertrauen bin, fallen mir oft ungeahnte Lösungen meiner Konflikte ein. Ich kämpfe weniger und handle wirksamer, wenn ich von Lebensmut erfüllt bin.

ERKENNTNIS

Lebensmut kann mir helfen, Menschen und ihre Handlungen ohne Hass und Groll zu sehen.

MEDITATION

Heute will ich an einen Menschen denken, auf den ich wütend bin und mir vorstellen, wie Lebensmut den Ärger wegspült.

52. WOCHE

LEBENSMUT

schenkt uns die letzte der menschlichen Freiheiten

Eine der von mir besonders geliebten biblischen Geschichten ist die der Vertreibung aus dem Paradies. Da lebten Adam und Eva vollkommen versorgt und aßen vom Baum des Lebens. Doch sie wählten schließlich den verbotenen Baum der Erkenntnis des Guten und Bösen und wurden sterblich.

Wir haben Grund anzunehmen, dass wir die einzigen Wesen sind, die über ihren eigenen Tod nachdenken können, eine Erkenntnis, auf die so mancher gerne verzichtet hätte. Doch Lebensmut hilft uns auch, diese zutiefst menschliche Möglichkeit als Freiheit anzunehmen. In vielen alten spirituellen Traditionen gibt es die Übung, den Tod nicht als schreckliches Urteil zu fürchten, sondern als Freiheit anzunehmen. So lehrt das ägyptische Totenbuch die rechte Vorbereitung für den Übergang in den Tod. Ähnliche Ziele verfolgt die tibetische Tradition, die von Sogyal Rinpoche* in „Das Tibetische Buch vom Leben und vom Sterben" für westliche Leser/innen zusammengefasst wurde. Die kürzlich verstorbene Ärztin Elisabeth Kübler-Ross* hat im Laufe ihrer Arbeit mit Sterbenden herausgefunden, dass viele todkranke Menschen Prozesse von Wut, Verleugnung und Niedergeschlagenheit durchlaufen, bis sie zur Annahme der Einsicht in ihre eigene Sterblichkeit kommen. Wichtig für diesen Annahmeprozess ist es, – wie Kübler-Ross es nennt – „unerledigte Geschäfte“ zu erledigen.

Der eine hat vielleicht noch einen alten Groll auszuräumen, die andere sucht nach der Gewissheit, dass geliebte Menschen gut versorgt sind. Was auch immer es sei: Lebensmut hilft uns dabei, im Bewusstsein unserer Sterblichkeit zu tun, was getan werden muss; unser Leben und unsere Beziehungen aufzuräumen, lose Enden des Lebens zu verknüpfen und alte Knoten zu lösen. Die tibetische Tradition empfiehlt diese Aufräumarbeit nicht für die Zeit des nahenden Todes (wie sollten wir auch den Zeitpunkt wissen?), sondern für das Leben selbst. Auf den Tod hin leben ist dann keine pessimistische, trübsinnige Angelegenheit, sondern vollständig dem Leben zugewandt.

Die Lektüre des Buches „Dienstags bei Morrie“ von Mitch Albom* hat mir einen kleinen Begriff dieser letzten der menschlichen Freiheiten gegeben. Albom erzählt hier von regelmäßigen Dienstags-Besuchen bei seinem sterbenskranken Lehrer Morrie Schwartz. Morrie nutzt die Gespräche, um zu geben, was er zu geben hat – seine Erfahrungen, seine Ehrlichkeit und seine Liebe, bis zum letzten Atemzug.

ERKENNTNIS

Manchmal ist keine Entscheidung besser als eine halbherzige Entscheidung.

MEDITATION

Heute räume ich eine Kleinigkeit in meinem Leben auf, um die Zahl meiner unerledigten Geschäfte zu verringern.

GOETHE ZUM SCHLUSS:

Der Schatzgräber

„Trinke Mut des reinen Lebens!", habe ich als Motto dieses Buches gewählt. Es ist ein Zitat aus Goethes* Ballade „Der Schatzgräber", die mir wundervoll geeignet scheint, einige abschließende Gedanken über Lebensmut zu formulieren.

„Arm am Beutel, krank am Herzen schleppt ich meine langen Tage", so stellt sich der Held des Gedichtes vor. Er könnte ein Zeitgenosse sein, dem nie das Geld reicht und der verletzt und gekränkt ist von den Widrigkeiten des Alltags. Ausgebrannt, würde man es heutzutage wohl nennen. Doch die Lösung aller Probleme scheint in Sicht: Geld verdienen und koste es auch die Seele.

Wo Goethes Schatzsucher magische Kreise zieht, macht der Schatzsucher des 21. Jahrhunderts vielleicht noch mehr Überstunden, stürzt sich in windige Börsenspekulationen oder spielt Lotto. Sein Ziel ist es, mit einem Male aller Sorgen ledig zu sein.

Und dann kommt die Einsicht, die Erleuchtung. Der Schatzgräber erfährt, worin wahrer Mut, der „Mut des reinen Lebens" besteht:

„Tages Arbeit, abends Gäste!
Saure Wochen, frohe Feste!
Sei dein künftig Zauberwort!"

Ernüchternd, nicht wahr?
Das soll das Zauberwort sein? Das ganz normale Leben? Alles zu seiner Zeit? Keine sensationellen Rettungsaktionen? Keine aufregenden Heldentaten? Nur tun, was gerade anliegt?

Eine bemerkenswerte Auffassung von Lebensmut hat der alte Geheimrat. Vielleicht ist das der Schlüssel zum wahren Mut: Sich allem zu stellen, was das Leben verlangt – der Anstrengung genauso wie der Freude, alles zu seiner Zeit. Wenn ich mich dem Fluss des Lebens überlasse und geduldig meinen Beitrag leiste, brauche ich keine wagemutigen Instant-Lösungen mehr, dann besteht die Lösung im Erleben dessen, was ist – das ist wahrer Lebensmut.

Der Schatzgräber

Arm am Beutel, krank am Herzen
schleppt' ich meine langen Tage.
Armut ist die größte Plage,
Reichtum ist das höchste Gut!
Und, zu enden meine Schmerzen,
ging ich, einen Schatz zu graben.
Meine Seele sollst du haben!
Schrieb ich hin mit eignem Blut.

Und so zog ich Kreis um Kreise,
stellte wunderbare Flammen,
Kraut und Knochenwerk zusammen:
Die Beschwörung war vollbracht.
Und auf die gelernte Weise

grub ich nach dem alten Schatze
auf dem angezeigten Platze:
schwarz und stürmisch war die Nacht.

Und ich sah ein Licht von weiten,
und es kam gleich einem Sterne
hinten aus der fernsten Ferne,
eben als es zwölfe schlug.
Und da galt kein Vorbereiten:
Heller ward's mit einem Male
von dem Glanz der vollen Schale,
die ein schöner Knabe trug.

Holde Augen sah ich blinken
unter dichtem Blumenkranze;
in des Trankes Himmelsglanze
trat er in den Kreis herein.
Und er hieß mich freundlich trinken.
Und ich dacht': es kann der Knabe
mit der schönen lichten Gabe
wahrlich nicht der Böse sein.

„Trinke Mut des reinen Lebens!
Dann verstehst du die Belehrung,
kommst, mit ängstlicher Beschwörung,
nicht zurück an diesen Ort.
Grabe hier nicht mehr vergebens.
Tages Arbeit, abends Gäste!
Saure Wochen, frohe Feste!
Sei dein künftig Zauberwort."

*Goethe**

GLOSSAR

Agnostiker/Agnostizismus, Überzeugung oder philosophische Lehre vom „Nichtwissen", das heißt der Unerkennbarkeit des Seienden, im engeren Sinn der Unerkennbarkeit Gottes.

Archetypen, Urbilder, die beispielsweise in Mythen und Märchen dargestellt werden und große Themen des menschlichen Lebens symbolisieren.

Armstrong, Louis „Satchmo", 1901 – 1971, amerikanischer Jazztrompeter und Sänger.

Biermann, Wolf, 1936, deutscher Liedermacher. Auftritts- und Ausreiseverbot in der DDR, während seiner ersten Tournee durch die Bundesrepublik Deutschland im November 1976 Ausbürgerung.

Bonobo, Zwerg-Schimpanse (Pan paniscus), eigene Art, die dem Menschen wohl am nächsten steht.

Borysenko, Joan, promovierte an der Harvard Medical School, praktizierte als klinische Psychologin und gehört heute zu den führenden Experten auf den Gebieten Stressbewältigung, Spiritualität und Verbindung zwischen Geist und Körper. www.joanborysenko.com

Cohn, Ruth, 1912, Psychoanalytikerin. Begründerin der themenzentrierten Interaktion, einer psychologisch orientierten Methode für lebendiges Lernen.

Dalai Lama (Tensin Gyatsu), 1935, Oberhaupt der tibetischen buddhistischen Gelben Kirche. Der derzeitige 14. Dalai Lama lebt seit 1959 im indischen Exil und erhielt 1989 den Friedensnobelpreis.

Dilts, Robert, einer der bekanntesten Vertreter des Neurolinguistischen Programmierens. Sein Spezialgebiet ist die Arbeit mit Glaubenssystemen in Bezug auf psychosomatische Krankheiten.

Ende, Michael, 1929 – 1995, deutscher Schriftsteller („Momo", „Die unendliche Geschichte").

Fassbinder, Rainer Werner, 1945 – 1982, deutscher Regisseur und Filmautor.

Frankl, Viktor Emil, 1905 – 1997, Psychiater und Psychotherapeut. Begründer der Logotherapie (sinnorientierte Psychotherapie).

Gandhi, Mohandas Karamchand, genannt Mahatma – große Seele, 1869 – 1948, indischer Staatsmann, erreichte mit der Methode des waffenlosen Kampfes die Unabhängigkeit Indiens von der britischen Kolonialherrschaft.

Gates, Bill, Begründer des Computer-Konzerns Microsoft, Begründer der Melinda- und Bill-Gates-Stiftung für die weltweite Erforschung ansteckender Krankheiten.

Gaskell, Elisabeth, 1810 – 1865, englische Schriftstellerin. (In deutscher Übersetzung erhältlich: „Das Leben der Charlotte Brontë“, dtv, München 1997, als BBC-Verfilmung in deutscher Fassung: „North & South. Eine Geschichte über eine Liebe ohne Grenzen.“)

Goethe, Johann Wolfgang von, 1749 – 1823, Inbegriff des Ganzheitlichkeit anstrebenden Menschen: Dichter, Staatsmann und Naturforscher. Mittelpunkt des philosophisch-literarischen Hofes in Weimar.

Grimm, Jacob Ludwig Carl, 1785 – 1863 und Wilhelm Carl 1786 – 1859, deutsche Sprach- und Altertumsforscher. Begründer des Deutschen Wörterbuchs und Sammler von deutschen Sagen und Märchen.

Jung, Carl Gustav, 1875 – 1961, Psychiater und Psychotherapeut. Nennt Bewusstwerdung im Zuge eines Individuationsprozesses als Ziel der Psychotherapie des im individuellen und kollektiven Unbewussten verhafteten Menschen. Begründer der Archetypenlehre.

King, Martin Luther, 1929 – 1968, baptistischer Pfarrer, Vorkämpfer der Gleichberechtigung der Schwarzen in den USA, vertrat den Grundsatz der Gewaltlosigkeit, Friedensnobelpreis 1964.

Konfuzius, 551 – 479 v. Chr., chinesischer Philosoph.

Lenin, Wladimir Iljitsch, 1870 – 1923, sowjetischer Staatsmann, stürzte in der Oktoberrevolution am 7. 11. 1917 die russische Regierung.

Luft, Joseph, entwickelte mit Harry Ingram das „Johari-Fenster“, eine Darstellung der bewussten und unbewussten Ebenen der Selbst- und Fremdwahrnehmung.

Luther, Martin, 1483 – 1546, Begründer der Reformation, schuf ein evangelisches Gesangbuch und übersetzte die gesamte Bibel in die deutsche Sprache, womit er auch einen entscheidenden Schritt zur neuhochdeutschen Schriftsprache unternahm.

Nietzsche, Friedrich, 1844 – 1900, Philosoph und klassischer Philologe.

Schiller, Friedrich, 1759 – 1805, deutscher Dichter.

Schweitzer, Albert, 1875 –1965, Theologe, Kulturphilosoph, Tropenarzt und Organist. gründete 1913 in Lambarene (Gabun) ein Urwaldhospital, besonders zur Bekämpfung von Lepra und Schlafkrankheit.

Simónides von Keos, 556 – 467/466 v. Chr, griechischer Lyriker.

Topos, in der Literatur: wiederkehrender Begriff, der eine besondere Bedeutung trägt. Zum Beispiel wird Jesus Christus als „Lamm Gottes“ bezeichnet. Ein Topos für den Propheten Mohammed ist auch „Siegel der Propheten“. Oder aus der altnordischen Literatur: Die Raben Hugin und Munnin heißen auch „Odins Habichte“.

LITERATURVERZEICHNIS

Mitch Albom: Dienstags bei Morrie. Die Lehre eines Lebens. Goldmann Verlag, München 1998

Joan Borysenko: Das Buch der Weiblichkeit. Der 7-Jahres-Rhythmus im Leben einer Frau. dtv, München 2000

Joseph Campbell: Die Kraft der Mythen. Bilder der Seele im Leben des Menschen. Artemis & Winkler, Zürich, 1994

Agatha Christie: Meine gute alte Zeit. Die Autobiographie einer Lady. Scherz Verlag, Bern 1993

Robert Dilts: Die Veränderung von Glaubenssystemen. NLP Glaubensarbeit. Junfermann Verlag, Paderborn 1993

Michael J. Fox: Comeback. Parkinson wird nicht siegen. Autobiografie. Ehrenwirth Verlag, Bergisch Gladbach 2002

Malcolm Gladwell: Der Tipping Point. Wie kleine Dinge Großes bewirken können. Berlin Verlag, Berlin 2000

Gerald Hüther: Die Macht der inneren Bilder. Verlag Vandenhoeck und Ruprecht, Göttingen 2004

Gerald Hüther: Bedienungsanleitung für ein menschliches Gehirn. Verlag Vandenhoeck und Ruprecht, Göttingen 2001

Joseph Luft: Einführung in die Gruppendynamik. Stuttgart 1971.

Walter Krämer und Gerald Mackenthun: Die Panik-Macher. Piper Verlag, München 2001

Elisabeth Kübler-Ross: Das Rad des Lebens. Autobiographie. Verlag Droemer Knaur, München 1997

Alanis Morisette: Out is through. Maverick Recording Company 2004 (alanis.com)

Ole Nydal: Wie die Dinge sind. Eine zeitgemäße Einführung in die Lehre Buddhas. Verlag Knaur, München 2004

Sir Karl R. Popper: Alles Leben ist Problemlösen. Über Erkenntnis, Geschichte und Politik Piper Verlag, München 1990

Terry Pratchett: Die Farben der Magie. Ein Roman von der bizarren Scheibenwelt. Heyne Verlag, München 1992

Fritz Riemann: Grundformen der Angst und die Antinomien des Lebens. Eine tiefenpsychologische Studie über die Ängste der Menschen und ihre Überwindung. Ernst Reinhardt Verlag, München 1961

Sogyal Rinpoche: Das tibetische Buch vom Leben und vom Sterben. Ein Schlüssel zum tieferen Verständnis von Leben und Tod. Otto Wilhelm Barth Verlag, Bern 1994

Marshall B. Rosenberg: Gewaltfreie Kommunikation. Aufrichtig und einfühlsam miteinander sprechen. Junfermann Verlag, Paderborn 2001

Helen Schucman, Franchita Cattani: Ein Kurs in Wundern. Die Gaben Gottes. Greuthof Verlag, Gutach i.Br. 1994

Gerd Siemoneit-Barum und Robert Griesbeck: Die Kunst, mit dem Tier im Menschen umzugehen. Geheimnisse eines Dompteurs. Verlag Gräfe und Unzer. München 2007

Horst Stern: Mut zum Widerspruch. Reden und Aufsätze. Kindler Verlag, München 1974

Annemarie Stoltenberg: Anstiftung zur Courage. Von mutigen Menschen. Rowohlt Verlag, Reinbek bei Hamburg 1997

Paul Watzlawick et al: Menschliche Kommunikation. Formen, Störungen, Paradoxien. Verlag Hans Huber, Bern 1985